당신의 삶은 어떤 드라마인가요

당신의 삶은
어떤 드라마인가요

김민정 지음

아시아

차례

드라마가 된 삶, 삶이 된 드라마

0.

작가의 말

이 책은 '드라마'가 있었기에 존재할 수 있었다. 한두 번의 클릭으로 편하게 보았을 그 드라마를 힘들게 써주신 작가님들에게 감사 인사를 전하고 싶다. 그리고 드라마에 대한 이런저런 연구를 남겨주신 선배 연구자님들에게도 감사 인사를 전하고 싶다. 그분들이 있었기에 이 책은 보다 풍요로워질 수 있었다. 드라마 정보의 많은 부분은 인터넷의 도움을 받았다. 밤낮 가리지 않고 자료조사에 협조해준 인터넷에게도 감사 인사를 전하고 싶다.

누구보다 지난해 나와 함께 드라마 스토리텔링을 연구한 중앙대 문예창작학과 학생들에게 특별히 감사 인사를 전하고 싶다. 〈영상문화의 실제〉라는 강의를 진행하면서 이 책의 목차를 구상했다. 학생들과 함께 이 책을 집필했다고 해도 과언이 아니다. 그들의 안목은 늘 나보다 뛰어났으며 그들의 격려는 내게 큰 힘이 되어주었다.

이 책은 〈영상문화의 실제〉 강의록을 기반으로 작성되었다. 드라마에 대한 전문적인 연구서라기보다는 스토리텔링 측면에서 드라마를 바라본 입문서로서의 성격이 강하다. 학문적인 글이 아니기 때문에 쉽게 막힘없이 읽히길 바라는 마음으로 본문에 각주를 달지 않고 참고문헌 형식으로 책의 마지막에 정리를 해두었다. 선행연구로부터 많은 도움을 받았으며 이 책 역시 누군가의 연구와 누군가의 드라마 집필에 작은 도움이 되었으면 좋겠다.

이 책을 쓰면서 내가 얼마나 많은 드라마를 보았는지, 내가 얼마나 드라마를 좋아하는지 다시금 알게 되었다. 행복했다. 지난여름 나와 함께 혹독한 시간을 이겨낸 건 세월이 아니라 수십 편의 드라마였다. 고마웠다.

1.
당신의 삶은 어떤 장르인가요?

 한국 최초의 TV드라마는 1956년 한국 최초의 상업방송국 KORCAD에서 개국식 축하방송으로 방영된 드라마 〈천국의 문〉이다. 홀 워시 원작의 〈사형수〉라는 의견도 있지만 이 작품을 연출한 최창봉 PD에 의하면 〈천국의 문〉이 한국 최초의 드라마라고 한다.

 어느 작품이 한국에서 최초로 방영된 TV드라마인지는 별로 중요하지 않을지 모른다. 1956년이라니, 벌써 60년도 더 된 일이다.

 드라마를 시청하는 사람의 입장에서는 현재 우리가 보고 있는 드라마가 재미있으면 그만이다. 그 재미있는 드라마가 결방 없이 방영되기를 바랄 뿐이다. 때때로 그 '재미'는 조금 다른 모습으로 우리를 찾아오기도 한다. 어떤 사람은 드라마를 통해 '대리만족'을 하기도 하고 어떤 사람은 드라마를 '공감'할 수 있어서 보기도 한다. 그리고 어떤 사람은 드라마 속 현실을 통해 브라운관 밖의 '진짜 현실'을 실감하기도 한다.

드라마가 방영되고 나면 방송사 홈페이지 시청자 게시판을 비롯해 트위터와 페이스북 등 인터넷은 시끌벅적해진다. 우연히 길에서 만난 남자와 사랑에 빠진 여자 주인공처럼 설레기도 하고 내 연인이 다른 사람과 바람이 나서 실연을 당한 남자 주인공처럼 슬퍼하기도 한다. 나의 아버지가 간암에 걸린 것처럼 고통스러워하기도 하고 잔혹한 범죄의 피해자가 된 것 마냥 가슴이 답답하고 입술이 바짝 마르기도 한다.

우리에게 드라마는 일상이고 삶이다.

드라마는 우리 가까이에 있다.

우리가 원하면 언제든지 드라마를 시청할 수 있다. 영화처럼 힘들게 지하철을 타고 영화관에 갈 필요도 없고 두 시간이란 긴 러닝 타임 동안 집중할 필요도 없다. 게임처럼 누군가로부터 승리를 쟁취하기 위해 머리를 쓰느라 괴로워할 필요도 없다. 그저 소파에 앉아 리모컨 버튼만 누르면 된다. 아니, 손에 휴대폰만 쥐어져 있다면 어디서든 드라마를 편하게 볼 수 있다. 우리가 아무런 노력을 하지 않아도 스크린에서는 우리가 보길 원하는 또 하나의 세계가 손쉽게 펼쳐진다.

우리가 친구와의 약속 장소로 이동하는 중에도, 화장실에서 볼일을 보는 중에도 그 세계는 태연하게 흘러간다.

창조의 영역이 신에게만 해당되는 것이라고 생각하던 시대는 지나간 지 오래다. 인간은 언제든지 자신이 원하는 세계를 만들 수 있다. 그 세계를 직접 만들지 못할지라도 그런 세계와 언제든지 접속할 수 있다. 그런 의미에서 드라마는 우리의 상상이 만들어낸 환상적인 세계이면서 우리의 욕망에 의해 구축된 지극히 현실적인 세계이다.

20대 대학생 시절 나는 스스로 신의 '코미디' 채널이라고 생각하곤 했다. 멜로에서 흔히 나타나는 불치병이나 집안의 반대와 같은, 사랑을 이루기 위한 역경에는 그다지 호감이 가지 않았다. 한자만 보면 난독증에 걸리는 나로서는 사극은 절대 몸담아서는 안 될 장르였다. 무엇보다 주변에 있는 모든 사람들을 의심하게 만드는 범죄수사물은 말할 것도 없이 싫었다. 이런저런 이유로 하나둘씩 제거하고 나자 내 손에 남은 것이 코미디였다. 인생의 모든 희로애락을 '웃음'으로 승화시키겠다는 나만의 결심이랄까. 십 년도 더 지난 지금 내 인생의 장르가 '코미디'이길 바라는 마음은 변하지 않았다. 다만 달라진 게 있다면 '코미디' 장르에 대한 내 생각이다.

코미디는 홀로 존재하지 않는다.

코미디는 로맨스와 만나면 로맨스 코미디가 되고, 판타지와 만나면 판타지 코미디가 된다. 누굴 만나느냐에 따라 코미디는 자신의 모습을 바꾸지만 그럼에도 자신의 정체성을 잃지 않는다. 마치 타인을 잘 배려하지만 자존감이 높아 자기만의 신념과 개성을 잃지 않는, 아주 매력적인 사람 같다. 남들을 웃긴다고 해서 우스운 사람이 되는 건 아니다. 가벼운 유머와 위트 덕분에 행복과 불행 사이에서 누군가의 인생이 조금 살만해질 수 있는 것이다. 한 마디로 코미디는 세상의 균형을 잡아주는, 무게감 있는 장르다.

드라마 스토리텔링을 분석하고 연구하는 동안 내가 얻은 가장 큰 깨달음은 '드라마가 곧 삶이고, 삶이 곧 드라마'라는 것이다. 이 책을 읽고 어떤 이는 드라마 창작에 대한 실질적인 조언을 얻어가고 어떤 이는 드라마 시청에 대한 학문적인 유희를 체험하게 될 것이다. 하지만 창작과 시청의 영역 너머, 그러니까 드라마 너머의 지점에 가면 결국엔 드라마가 아니라 '삶'이 놓여 있다는 것이 내 생각이다. 드라마 작가가 되길 희망하든 그렇지 않든 우리는 모두 자기만의 이야기를 창작해가는 '삶의 창작자'이기 때문이다.

모두 자기 인생에서는 본인이 주인공이 될 수밖에 없다. 그 캐릭터가 대중들의 사랑을 받고 그 드라마가 높은 시청률을 기록하는지 여부는 그 다음 문제다. 그것이 중요하지 않다는 것이 아니다. '내 인생에서는 내가 주인공'이란 사실이 무엇보다 중요하다는 것이다. 주인공의 생각에 따라 이야기의 전개는 달라진다. 주인공의 선택에 따라 주인공의 캐릭터는 물론 그가 살고 있는 세상도 달라진다.

그런 의미에서 나는 이 책을 〈드라마 스토리텔링〉과 〈나만의 스토리텔링〉을 함께 창작하는 마음으로 읽어주길 기대한다. 내 인생의 장르가 무엇인지에 대한 고민. 그것이 바로 캐릭터를 창조하고 그 캐릭터가 살아갈 세계를 구축하는, '전지전능한' 창작자로서의 첫걸음이기 때문이다.

"당신의 삶은 어떤 장르인가요?"

멜로드라마와 로맨스의 새로운 경향

2.
한류열풍의 시작은 K-drama

한국드라마를 언급할 때 빼놓을 수 없는 것이 바로 한류(韓流)열풍이다. 일본에서 〈겨울연가〉(2002)를 비롯해 많은 한국드라마가 굉장한 인기를 모았다. 그 후 한국드라마가 하나의 장르로 고정되어 마니아층을 형성하고 있다. 필리핀 역시 2005년에 〈파리의 연인〉(2004)이 전체 시청률 1위를 기록할 정도로 한국드라마가 큰 인기를 끌고 있다.

누가 뭐라 해도 최근 한류열풍의 중심지는 중국이다. 관영방송인 CCTV에서 1997년 방영된 〈사랑이 뭐길래〉를 시작으로 〈태양의 후예〉에 이르기까지 다양한 한류드라마들이 인기를 얻었다. 중국 내 한국드라마의 인기는 대륙의 크기만큼 스케일이 남다르다. 2014년 〈별에서 온 그대〉가 동영상 사이트 아이치이(www.iqiyi.com)에서 한·중 동시 방영되면서 25억 뷰가 넘는 엄청난 기록을 달성하였다. 드라마 관련 조

회 수는 96억 회를 넘겼다.[1]

　〈가을동화〉〈겨울연가〉〈내 이름은 김삼순〉〈꽃보다 남
자〉〈궁〉〈미남이시네요〉〈파리의 연인〉〈상속자들〉〈별에
서 온 그대〉〈태양의 후예〉……

　앞에서 언급한 드라마들은 모두 국내에서 큰 인기를 모았
던 작품들이다. 그런데 신기하게도 이 작품들 모두 해외에서
도 엄청난 인기를 끌었다. 그리고 이들 드라마의 장르는 모두
'멜로'이다. 이로 인해 한국드라마의 인기 요인으로 지목된
것이 바로 '한국식' 멜로드라마의 인물유형과 서사패턴이다.
　일반적으로 남자 주인공은 잘생긴 외모에 사회적 성공과
물질적 부를 모두 가진 슈퍼 리치로 그려진다. 그들은 겉으
로는 차갑고 이기적으로 보이나 속은 따뜻하며 특히 자신이
사랑하는 여자를 위해서는 모든 것을 희생하는 순정을 가지
고 있다. 이에 반해 여자 주인공은 이런 사랑을 받기에는 조
금 혹은 많이 부족한, 그래서 평범한 여자를 대변할 수 있는
모습으로 등장한다. 일과 사랑 모든 면에서 서툴고, 예쁜 여
배우가 연기하지만 극중에서는 평범한 외모라는 평가를 받

는다. 이렇게 서로 다른 배경과 성격의 두 사람은 초반에는 티격태격하다가 점점 사랑하는 연인 사이가 되고, 그 과정에서 어려운 일을 겪는다. 하지만 그것을 헤쳐 나가면서 서로의 사랑은 점점 단단해진다.

한국 멜로드라마 특유의 스토리텔링은 한류열풍 초반 국내외 드라마에서 자주 활용될 만큼 인기 드라마의 성공공식으로 인정받았다. 하지만 그 공식이 상용화되면서 한국드라마의 인기는 오히려 주춤해졌다. 한국드라마의 '뻔한 설정'을 분석하는 글이 인터넷 상에서 공유되면서 희화화되기도 하였다. '남자 주인공들은 결정적인 순간에 차를 꼭 U턴 한다' '여자 주인공은 남자 주인공의 첫사랑이거나 과거의 어떤 인연으로 연결되어 있다' 등등. 2014년 중국 시나닷컴에서는 한국드라마가 인기를 끄는 한 가지 법칙이 있다고 보도하면서 그것을 '한국드라마 8회 법칙'이라고 명명했다.[2] 한국드라마에서는 남녀 주인공의 키스신이 8회에 꼭 등장한다는 것이다. 이를 뒷받침하듯 중국에서 방영된 〈옥탑방 왕세자〉, 〈상속자들〉, 〈별에서 온 그대〉, 〈피노키오〉 등 많은 한국드라마의 8회분에 남녀 주인공의 키스신이 등장했다.

한국드라마의 성공공식은 현재 드라마 스토리텔링에 있어 '양날의 칼'로 인식되고 있다. 하나의 패턴으로 고착화되어 간다는 점에서 내용이 자칫 상투적이고 진부하게 흘러갈 위험성이 있지만, 반복적으로 누적된 경험으로서의 장르적 관습은 시청자들에게 특정 장르에 대한 기대와 만족감을 주고 이는 곧 마니아층과 팬덤 형성으로 연결되기 때문이다.

다만 여기에서 중요한 것은 규범화된 장르적 관습을 그대로 고수하는 것이 아니라 그 표준화된 스토리라인에 외부 요소를 접목함으로써 새로운 관습을 지속적으로 만들어가야 한다는 것이다. 장르란, 표준화 작업을 통해 특정한 서사구조를 유지하려는 경향을 가지면서도 동시에 사회와 사회구성원의 요구와 필요에 따라 끊임없이 변할 수밖에 없다.[3] 각 시대마다 선호하는 남성상과 여성상, 그리고 그들의 사랑방식, 더 나아가 로맨스와 사회문화의 역학관계는 모두 다르다. 당대의 사회상을 반영하는 시대적 기록물로서 드라마는 과거완료형이 아니라 현재진행형이다. 새로운 변화는 시간이 지나면 또 하나의 장르적 관습으로 수용되고 패턴으로 규범화되면서 또 다른 변화가 요구되는 토대로서 역할하게 되는 것이다.

3.

사랑 + 연애 + 결혼 = 멜로드라마의 공식

멜로드라마는 사랑과 연애를 주요 사건으로 하는 장르다. 여기에 일반적으로 '통속적' 혹은 '감상적'이란 수식어가 덧붙기도 하는데, 멜로드라마에는 항상 사랑을 방해하는 '장애물'이 등장하고 장애의 대부분은 사회적 관습에 해당되기 때문이다. 신분 차이로 인한 결혼 반대가 그 대표적인 예다. 멜로드라마는 개인의 사랑 이야기지만 그 과정은 복잡한 사회문화 요소들과의 관계 속에서 전개된다.

멜로드라마의 장르적 관습은 사랑, 연애, 결혼 등 세 가지 키워드와 그들 사이의 연결점에서 생겨난다. 사랑과 연애, 그리고 결혼은 많은 이들이 일생을 살아가면서 겪어야 할 통과의례로서 개인적이고 사적인 영역에 위치하고 있지만 '관계' 중심의 한국사회에 로맨스는 단순한 사랑을 의미하지 않는다. 사랑의 완성으로서 결혼은 가족회의 안건인 동시에 열띤 논쟁을 일으키는 사회적 사건이다. 한국사회에 있어 '가족'은 절대 변할 수 없는 절대적 가치이기 때문이다.

1) 사랑하면 결혼하라

멜로드라마에 나오는 남자와 여자는 모두 사랑을 하고 연애를 한다. 그러는 과정에서 우여곡절을 겪지만 그럼에도 그들의 사랑은 점점 견고해진다. 고난과 역경은 그들이 해피엔딩으로 가기 위한 하나의 절차에 불과하다. 하지만 그들의 사랑은 서로 사랑하는 것을 확인하고 마음껏 사랑하는 것으로 끝나지 않는다. 그들은 어떤 미션을 수행하듯 결혼하기 위해 전력질주한다. 어떠한 의구심도 없다. '사랑의 완성은 결혼'이란 것을 당연하게 받아들이고 실행에 옮긴다. 미혼에 이어 결혼을 거부하는 '비(非)혼'이 점점 증가하고 있는 요즘, 멜로드라마에서는 여전히 결혼 불패 신화가 계속되고 있다.

〈사랑의 온도〉(2017, 극본 하명희)는 온라인 채팅으로 시작해 현실에서 만나게 된 드라마 작가 지망생 '제인'과 프렌치 쉐프를 꿈꾸는 '착한 스프'의 사랑 이야기를 그린 드라마다. 온라인 채팅을 통한 만남이라는 현대적 설정처럼 드라마 초반 여자 주인공은 사랑보다 일을 선택하는, 보다 주체적 삶의 행보를 보여준다. 하지만 극이 진행되면서 여자 주인공은 드라마 제작사 대표와 연하남 쉐프 사이에서 갈등하다가 사랑과 연애, 그리고 결혼의 순서를 정직하게 밟아나간다. 특히 여자 주인공과 남자 주인공의 갈등은 주로 성격 차이에서 비롯되는데 그 성격이 형성된 배경으로서 가족이 지속적으로 등장하면서 극의 서사를 이끌어나간다.

〈시크릿 가든〉(2010, 극본 김은숙)은 무술감독을 꿈꾸는 스턴트우먼 길라임과 까칠한 백만장자 백화점 사장 김주원의 영혼이 바뀌면서 벌어지는 일을 다룬 로맨스판타지드라마다. 길라임은 자신의 일에 자부심을 가지고 있으며 사랑에 있어서도 적극적인 모습을 보인다. 하지만 드라마의 마지막 장면은 반대결혼한 길라임이 시부모님의 인정을 받기 위해 세 명의 아이를 데리고 지속적으로 시댁의 초인종을 누르는 모습이다. 약술 한 잔으로 남자와 여자의 영혼이 바뀌는 초현실판타지드라마인 동시에 가족의 축복 속에 이루어지는 결혼의 신성함을 영원불변의 가치로 그리는 지극히 전통적인 드라마다.

〈응답하라 1997〉(2012, 극본 이우정 외 2명)을 포함한 세 편의 '응답하라' 시리즈는 다양한 시대를 배경으로 다양한 사람들의 이야기를 담고 있는 감성복고 드라마다. 인물들은 대부분 가족 단위로 등장하며 실제 가족이 아니더라도 유사가족 형태를 띤다. 따뜻한 가족애와 함께 여자 주인공의 '남편 찾기'는 '응답하라' 시리즈의 트레이드마크로서 인기를 끄는 데 견인차 역할을 했다. 1997 버전은 10.5%, 1994 버전은 12.5%, 1988 버전은 18.5%로 시리즈 모두 높은 시청률을 기록하였다.

2) 흙수저 옆에는 항상 금수저가 있다

멜로드라마에서 가장 중요한 것은 '사랑'이다. 하지만 사랑을 방해하는 장애요소가 없다면 그 사랑 이야기는 심심하고 지루해진다. 사랑의 순도(純度)는 그것을 가로막고 있는 장애물의 강도(强度)와 비례한다. 사랑의 완성으로 가는 길이 험난하고 고달플수록 그 사랑을 응원하는 시청자들의 마음 또한 커진다. 보다 완벽하고 신성한 사랑을 위해서는 반드시 그것에 버금가는 극악한 훼방꾼이 있어야 하는 것이다.

'옛사랑과의 재회', '뒤바뀐 운명', '출생의 비밀', '사랑과 우정' 등 멜로드라마에는 다양한 갈등 유형이 존재한다. 하지만 주인공들 사이에서 발생하는 경제적·사회적 신분의 차이만큼 극적 재미를 보장하는 것은 없다. 고급 저택과 값비싼 명품이 등장하는 화려한 영상은 시각적 대비 효과를 통해 등장인물의 캐릭터를 효과적으로 보여줄 뿐 아니라 시청자들의 눈을 즐겁게 한다. 재벌과 서민 등 등장인물의 신분 차이는 극의 현실성을 떨어트린다는 비판에도 불구하고 '매력적인' 사랑의 완성을 위해서는 불가피한 선택일 수밖에 없는 것이다.

멜로드라마 속 남자 주인공이 재벌이나 변호사, 의사와 같은 전문직으로 주로 등장하는 반면, 여자 주인공은 경제적으로 어려운 상황으로 나오는 경우가 많다.[4] 직업이 있어도 돈을 잘 벌지 못하거나 경제적 어려움이 생겨 남자 주인공의 도움을 받을 수밖에 없는 일들이 자꾸 벌어진다. 설사 같은 회사에 다닐지라도 성별에 따라 직급이 달라진다. '실장님 전문 배우'라는 타이틀이 있을 정도로 남자의 경우엔 대리, 과장, 실장이 많지만 여자는 평사원이거나 비정규직인 경우가 많다.

〈사랑의 온도〉(2017)는 드라마 작가 이현수와 드라마 제작사 대표 박정우, 그리고 연하남 쉐프 온정선의 삼각관계를 중심으로 펼쳐진다. 여자 주인공 이현수는 드라마 제작사 대표인 박정우의 소속 작가로 그의 지원에 힘입어 여러 작품에 잇달아 투입되면서 성공가도를 달린다. 여자 주인공은 드라마 작가라는 요즘 가장 인기 있는 전문직에 종사하지만 그녀를 짝사랑하는 남자 주인공의 영향력에서 자유롭지 못하다. 여느 멜로드라마의 여자 주인공처럼 남자로부터 도움받는 입장에 놓여 있는 것이다.

〈사랑의 온도〉는 남녀 주인공의 신분 차이뿐 아니라 여자 주인공을 두고 대립관계에 놓여 있는 두 남자 주인공의 배경 설정에도 차이를 둠으로써 극적 효과를 높인다. 이현수와 연인관계에 있는 연하남 쉐프 온정선은 드라마 제작사 대표 박정우와 호형호제하는 사이지만 박정우는 온정선이 운영하는 프렌치 레스토랑의 투자자로서 레스토랑의 운명을 손에 쥐고 있다. 삼각관계가 절정으로 치달으면서 둘 사이는 멀어지고 박정우는 투자금을 환수하여 온정선을 어려움에 빠트릴 계획을 세우기도 한다.

주인공들 사이의 신분 차이는 성인에게만 해당하는 것이 아니다. 고등학생들의 연애에도 존재한다. 〈꽃보다 남자〉(2009, 극본 윤지련)는 평범한 서민 집안의 한 소녀가 부유층 자제들로 가득한 고등학교로 전학해 네 명의 꽃미남 재벌 소년들과 만나면서 벌이는 좌충우돌 이야기를 그린다. 등장인물들의 신분 격차로 인해 발생하는 여러 가지 에피소드가 '십대들의 따돌림'이라는 사회적 이슈를 통해 전개된다. 〈상속자들〉(2013, 극본 김은숙)은 대한민국 상위 1%에 속하는 재벌가에서 자란 10대 고교생들의 이야기를 담은 드라마로, 서자로 태어난 재벌 2세와 그 집에서 숙식하는 도우미 딸과의 연애 과정을 그린다.

두 작품 모두 등장인물들의 신분 차이에서 비롯된 여러 가지 갈등 상황을 다루고 있다는 점에서는 동일하지만, 〈꽃보다 남자〉가 서민과 재벌의 갈등에 주목했다면 〈상속자들〉은 상류층 내에 존재하는 신분 격차를 중심 소재로 했다는 점에서 구별된다. 〈상속자들〉 속 삼각관계는 한 여자를 사이에 둔 두 남자 고등학생의 부모와 집안의 경제력 대립으로 그려진다.

3) 불치병과 죽음 그리고 하늘만 허락한 사랑

멜로드라마의 필수 요소는 '사랑'과 그 사랑을 가로막는 '장애물'이다. 사랑의 장애물은 가족의 반대나 사회적 통념,

불치병 등 그 스펙트럼이 다양하다. 그중 불치병은 한국 멜로드라마에서 자주 사용되는 코드로, 사랑하는 사람을 잃을 수밖에 없는 상황이 주는 안타까움과 슬픔이 관객들의 눈물샘을 자극한다.

드라마에 등장하는 불치병의 병명은 주로 백혈병이다.[5] 백혈병에 걸린 창백한 여주인공의 얼굴은 남자들로 하여금 보호본능을 일으키는 데 큰 역할을 담당한다. 대표적인 한류드라마인 〈가을동화〉(2000, 극본 오수연)를 비롯해 〈아름다운 날들〉(2001, 극본 윤성희), 〈햇빛사냥〉(2002, 극본 김혜정), 〈러브스토리 인 하버드〉(2005, 극본 최완규, 손은혜) 등 많은 드라마의 여주인공들이 백혈병에 걸려 남자들의 보살핌을 받으며 삶을 아름답게 마무리했다.

불치병은 대개 여자 주인공의 순수함과 청순함, 그리고 연약함을 강조하는 서사장치로 상대 남자 주인공의 헌신적인 사랑을 증폭시킨다. 하지만 남자 주인공이 불치병에 걸렸을 때에는 병에 걸린 남자 주인공이 그동안의 삶을 되돌아보고 이전과는 다른 삶을 살아가는 변화의 계기가 된다.

〈90일 사랑할 시간〉(2006, 극본 박해영)은 3개월의 시한부 인생을 살고 있는 남자 주인공의 안타까운 사랑 이야기를 그린다. 췌장암 말기라는 사실을 알게 된 현지석은 9년 동안 함께 살아온 부인을 두고 첫사랑 미연을 찾아가 남은 날들을 함께 보내고 싶다고 말한다. 어쩔 수 없는 상황으로 사랑하는 미연과 헤어지게 된 후 그는 남몰래 그녀를 마음에 품고 살아왔던 것이다. 주변의 반대와 따가운 시선에도 불구하고 그는 결국 요양원에서 첫사랑 그녀의 품에 안겨 죽음을 맞이한다.

〈나인: 아홉 번의 시간여행〉(2013, 극본 송재정)의 남자 주인공 박선우는 38세 CBM 보도국 기자로 거침없는 판단력과 자신감으로 무장한 동시대 최고의 앵커이다. 하지만 그는 사랑 앞에서 한 번도 솔직해지지 못한 채 뇌종양에 걸려 시한부 인생을 선고받는다. 그런 그가 20년 전 과거로 돌아갈 수 있는 신비의 향 9개를 얻게 되면서 이루지 못한 사랑을 위해 험난한 시간여행을 시작한다.

4) 사랑이란 이름의 판타지

아무리 강력한 장애물이 있어도 멜로드라마의 주인공들은 사랑의 완성을 성취해낸다. 설사 그들의 사랑이 비극으로 끝날지라도 사랑에 대한 그들의 태도는 한결같다. 사랑은 위대하고 영원하다. 드라마가 전파하는 사랑의 환상은 모든 문제를 극복할 수 있는 '절대가치로서의 사랑'과 '모든 사랑은 운명'이라는 믿음으로 확장된다. 이러한 사랑이란 이름의 판타지는 괴로운 현실에 지친 시청자들로 하여금 대리만족을 느끼게 하고 소소한 일상에서는 경험하지 못하는 환상적 운명을 꿈꾸게 한다.

〈그냥 사랑하는 사이〉(2017, 극본 유보라)는 인생을 뒤흔든 사고에서 극적으로 살아남은 두 남녀가 서로의 상처를 보듬어가는 과정을 그린 멜로드라마다. 거칠지만 단단한 뒷골목 청춘 강두와 상처를 숨긴 채 평범한 일상을 꿈꾸는 건축모형 제작자 문수는 힘든 세상에서 사람만이 희망이고 사랑만이 구원이라는 마음으로 서로에게 의지하며 애틋한 마음을 가꾸어나간다.

'사랑의 환상'이란 메시지를 전달하는 서사장치로 '첫사랑'을 빼놓을 수 없다. '처음'에 대한 무한한 동경과 '이루지 못한 사랑'에 대한 간절함. 많은 한국드라마에서 '첫사랑'은 서사전개의 주요 동인(動因)으로 작동한다.

〈사랑하는 은동아〉(2015, 극본 백미경)는 20년 동안 한 여자만을 지독히 사랑했던 한 남자의 이야기다. 그는 열일곱 살에 만난 소녀 은동을 향한 그리움으로 톱스타가 된 집념의 남자다. 첫사랑 은동을 찾기 위해 그는 자서전을 내기로 결심하고 매니저의 소개로 대필 작가를 만나는데 그녀가 바로 그가 찾던 첫사랑이다. 〈프로포즈 대작전〉(2012, 극본 윤지련)은 2007년 일본에서 방영된 동명 드라마를 원작으로 하는 판타지멜로드라마로, 시간여행을 통해 과거로 돌아가 첫사랑과 잘 되기 위해 현실을 바꾸려고 고군분투하는 남자의 이야기를 그린다.

운명적 사랑은 '어린 시절 첫사랑'에 이어 '전생의 인연'으로까지 이어진다. 이제까지의 사랑이 '목숨 건 사랑'이었다면 전생을 모티프로 한 드라마들은 '죽음을 초월한 사랑'이라고 할 수 있다. 사랑에 대한 애절함이 첫사랑보다 한 수 위다. 〈흑기사〉(2017, 극본 김인영)는 한 남자와 두 여자의 이백여 년에 걸친 사랑 이야기를 그린 판타지로맨스드라마다. 전생과 후생의 이야기를 오가면서 마치 사극과 현대극 두 편의 드라마를 보는 듯한 느낌을 줄 정도로 드라마 속 사랑은 길고 긴 인연의 끈으로 연결되어 있다.

〈시카고 타자기〉(2017, 극본 진수완)는 슬럼프에 빠진 베스트셀러 작가 세주와 그의 이름 뒤에 숨은 유령 작가 진오, 한때 세주의 열혈 팬에서 안티 팬으로 돌변한 문인 덕후 전설을 주인공으로 의문의 '타자기'에 얽힌 세 남녀의 미스터리와 로맨스에 대한 이야기다. 그들의 인연은 일제 강점기를 배경으로 전생에서부터 이어져온 것으로, 그들의 우정과 사랑은 전생의 인연에 의해 더욱 깊어진다.

"고생했어. 당신들이 바친 청춘 덕분에 우리가 이렇게 살아. 그때 바쳐진 청춘들에게 전해줘. 고생했다고. 이만큼 만들어줘서 고맙다고."라는 대사는 그들 사이 전생과 후생의 연결이 단순히 '운명적 사랑'에 대한 의미부여에서 머무는 것이 아니라, 일제 강점기에 독립운동을 했던 선조를 향한 후대 자손들의 감사한 마음으로 확장되면서 등장인물 사이에 존재하는 운명의 '역사성'을 강조하는 역할을 한다.

4.

세상에는 다양한 종류의 로맨스가 있다

'사랑'과 사랑의 완성으로서의 '결혼'은 멜로드라마의 장르적 관습을 형성하는 데 중요한 역할을 담당한다. 하지만 시대의 변화에 기민하게 반응하는 드라마의 특성상, 드라마 속 사랑과 결혼의 재현방식에도 새로운 변화의 조짐이 보이기 시작한다.

1) 일과 사랑 사이

멜로드라마에서 중요한 것은 사랑과 사랑을 방해하는 장애요소다. 일반적으로 멜로드라마 속 사랑의 장애물로 남녀 주인공의 사회적·경제적 신분 격차 또는 그로 인한 부모의 결혼 반대가 빈번하게 등장한다. 이는 멜로드라마의 서사패턴이 사랑과 연애, 그리고 결혼으로 이어지는 일련의 과정을 전제로 하기 때문이다. 사랑의 완성이 결혼이라는 생각으로 결혼은 사랑의 목표가 되고 그것을 달성하려는 노력이 연애의 과정으로 그려졌던 것이다. 하지만 최근에 와서는 사랑을 방해하는 장애요소로 관계 외적인 문제들이 부각되고 있다.

〈커피프린스 1호점〉(2007, 극본 이선미, 장현주)은 동인식품의 후계자이자 커피프린스 1호점의 주인인 최한결과 그곳에서 일하는 종업원 고은찬의 사랑 이야기를 다룬다. 극의 전개에 따라 삼각관계가 두 번 등장하는데, 첫 번째는 남자 주인공 최한결을 중심으로 첫사랑 여자와 현재 연인 고은찬의 대립구도이고 두 번째는 극의 후반부에 일과 사랑 사이에서 고민하는 고은찬 중심의 삼각구도이다. 고은찬은 최한결과 사랑하는 연인 사이가 되지만 바리스타의 꿈을 포기하지 않고 유학을 선택한다. 처음에 두 사람은 갈등을 겪지만 최한결은 결국 그녀의 꿈을 응원하며 그 뜻을 존중한다.

그동안 멜로드라마는 사랑의 궁극적인 목적은 결혼이라는 전제 아래 진행되었다. 특히 전문직에 종사하는 여성일지라도 결혼을 하지 않으면 미성숙하거나 미완성된 삶으로 치부되기 일쑤였다. 하지만 사랑과 결혼의 필연적 연속성을 인정하지 않는 드라마가 점점 늘어나고 있다. 여자 주인공이 사랑과 일 사이에서 갈등하다가 사랑이 아닌 일을 선택하는 것이다.

최근에는 일과 사랑 중 하나를 선택하는 것이 아니라 사회적 성공과 개인적 사랑을 모두 성취하는 여자 주인공이 등장하고 있다. 이런 류의 드라마에서 남자 주인공은 직장 내 상사나 선배로 등장해서 여자 주인공의 성장을 도와주는 멘토혹은 키다리아저씨 역할을 담당한다.

〈닥터스〉(2016, 극본 하명희)는 과거의 상처를 딛고 의사가된 두 남녀가 여러 인간 군상을 만나 성장하고, 평생 단 한 번뿐인 사랑을 시작한다는 내용을 다룬다. 의대에서 과수석을도맡아 했지만 인턴 시절 사소한 실수로 환자를 죽음에 이르게 한 뒤 의사를 그만둔 지홍은 고등학교 생물 교사가 되는데, 그곳에서 문제의 전학생 혜정을 만난다. 세월이 흘러 그는 신경외과 교수가 되어 돌아온 병원에서 의사가 된 혜정을다시 만난다. 남자 주인공은 시공간을 뛰어넘어 여자 주인공의 스승이 되어 그녀가 하고자 하는 일을 적극적으로 도와주고 그 과정에서 그들의 사랑은 더욱 깊어진다.

〈파스타〉(2010, 극본 서숙향)는 이탈리아 레스토랑 '라스페라'를 배경으로 맛있는 음식으로 손님을 행복하게 하는 요리사를 꿈꾸는 여성의 파란만장 성공담을 담은 작품이다. 여자 주인공은 막내 주방보조인 반면에 남자 주인공은 그녀가 일하는 레스토랑의 카리스마 넘치는 유명 쉐프이다.

멜로드라마에서 사랑과 결혼의 필연적인 인과관계가 완전히 깨진 것은 아니다. 다만 남녀 주인공이 사랑하는 연인 사이가 될지라도 결혼이 필수적인 의무가 아닌 선택사항이 되었다. 또한 연인과의 연애가 결혼으로 이어지게 될지라도 이제까지의 결혼과는 다른 형태의 결혼생활을 추구하는 경향이 생겨났다.

〈이번 생은 처음이라〉(2017, 극본 윤난중)는 집 있는 달팽이가 세상 제일 부러운 '홈리스' 윤지호와 현관만 내 집인 '하우스푸어' 집주인 남세희가 한 집에 살면서 펼쳐지는 로맨스를 그린다. 지호는 집을 구하기가 힘들어서, 세희는 집 대출금을 갚기 위한 월세가 필요해서, 서로 합의하에 한 집에서 살게 된다. 오로지 '돈'을 위해 '계약' 결혼까지 한 그들이지만 서로 사랑하게 되면서 '진짜' 결혼을 한다.

그들은 계약을 파기하는 대신 오직 사랑을 우선순위로 두는 새로운 결혼 계약서를 작성한다. 1년마다 갱신하는 계약

서에는 '명절에는 각자의 집에서 시간을 보낸다', '집에 대한 권리를 동등하게 반씩 나눈다'와 같은 특별한 계약 조항이 담겨 있다. 두 사람은 그동안 자신들을 힘들게 했던 현실의 기준에서 벗어나 자신만의 스타일로 삶을 살아가기 시작한다.

2) 순결은 호랑이 담배피던 시절 이야기

사랑과 결혼의 연속성이 흔들리면서 결혼의 신성함에도 균열이 가기 시작한다. '검은 머리 파뿌리가 될 때까지'를 외치며 생애 한 번뿐인 사랑을 맹세하던 결혼 서약은 그 자체로 유효기간이 지난 것이다. 사랑하다가 헤어질 수도 있고 결혼했다가 이혼할 수도 있다. 사랑과 연애, 그리고 결혼에 대한 시각이 바뀌면서 여성에게 강요되었던 혼전 순결도 함께 폐기처분되었다.

예전에는 결혼 전 순결 여부가 여성 캐릭터의 도덕성을 결정지을 만큼 중요한 조건이었다. 하지만 2000년대 들어 사랑과 결혼을 분리해서 생각하는 결혼관이 대중의 호응을 얻으면서 성적 자기결정권에 입각한, 여성의 성(性) 욕구 표현이 자연스러운 것으로 받아들여지고 있다.

〈내 이름은 김삼순〉(2005, 극본 김도우)은 촌스러운 이름과

뚱뚱한 외모라는 콤플렉스를 갖고 있지만 전문 파티쉐로 당당하게 살아가는 30대 김삼순의 삶과 사랑을 경쾌하게 다룬다. 드라마 후반에 김삼순은 우여곡절 끝에 사랑하는 연인과 함께 침대에 누워 "너무 오래 굶었다"라고 자신의 성적 욕구에 대해 이야기할 정도로 솔직한 성격으로 그려진다.

〈밀회〉(2014, 극본 정성주)는 성공을 위해 앞만 바라보고 달려온 예술재단 기획실장 오혜원과 자신의 재능을 모르고 살아온 천재 피아니스트 이선재의 음악적 교감과 애틋한 사랑을 그린 멜로드라마다. 마흔 살 오혜원은 스무 살 청년 이선재를 만나 사랑에 빠지는데 아트센터 대표가 될 자신의 화려한 미래를 포기하고 연인과의 사랑을 택한다. 드라마 속 두 사람의 섹스는 성적 메타포를 가진 피아노 합주 등으로 재현되는데 이때 오혜원은 아직 미숙한 이선재를 리드해나간다.

〈이번 생은 처음이라〉(2017)에는 각기 다른 사랑관과 결혼관을 가진 6명이 등장한다. 그중 여자 주인공 수지는 모든 남성들의 첫사랑 '수지'란 이름을 가졌으나 영화 〈건축학개론〉의 수지와는 전혀 다른 캐릭터를 가진 인물이다. 수지는 솔직하고 와일드한 성격을 가지고 있으며 감정이 섞이지 않는 자유연애를 추구할 뿐 아니라 평소에는 노브라로 다닐 만큼 자유분방하다. 드라마 초반에 그녀는 상사의 성추행 발언이나 행동을 묵묵히 인내하는 모습을 보이지만 나중에는 회사를 그만두고 자기만의 사업을 시작할 정도로 진취적인 여성상을 보여준다. 또한 호랑과 원석은 오랫동안 연애하고 동거해온 연인 사이로 그들의 혼전 동거는 매우 자연스럽고 편안하게 그려진다. 성(性)에 얽힌 그들의 에피소드는 다른 커플들보다 귀엽고 따뜻한 느낌으로 전개된다.

3) 내 나이가 어때서

2000년 고령화 사회 진입 후 한국은 17년 만에 노인 비중이 전체 인구의 14%를 차지하였다. 보건복지부에 따르면 2015년 기준 한국의 기대수명은 82.1세로 OECD 평균인 80.5세보다 높다. 노년 인구의 증가는 사별 혹은 이혼 등으로 혼자된 1인 가구가 늘어나고 이에 따라 황혼 로맨스와 재혼에 대한 인식이 달라지고 있음을 의미한다.

〈디어 마이 프렌즈〉(2016, 극본 노희경)는 "끝나지 않았다. 여전히 살아있다"고 외치는 '황혼 청춘'들의 인생 찬가를 그린다. 평균 나이 75세의 초등학교 선·후배, 동창 등으로 구성된 노년기 여성들은 누군가의 엄마나 할머니가 아닌 한 사람의 개인으로 등장해 사랑과 일과 인생에 대한 자기만의 이야기를 펼쳐놓는다. 드라마 속 러브라인 중 하나는 6개월 전 남편이 죽은 치매 걸린 72세 할머니와 "좋아하는 여자랑 연애하다 심장마비로 죽으면 성공한 인생"이라고 생각하는 72세 전직 변호사 할아버지의 귀여운 연애 이야기다. 두 사람은 남자를 짝사랑하는 65세 싱글 카페 사장과 함께 삼각관계를 형성한다.

그동안 드라마 속 '할머니'는 남편과 자식들에게 헌신하는 것을 삶의 행복으로 아는 여성들로 그려졌다. 드라마 속 남자 캐릭터가 여자를 데리고 와서 부인과 한 집에 산다거나 다른 여자와의 사이에서 낳은 아이를 데리고 오는 설정이 빈번하게 등장하는 반면에, 여성의 경우에는 남편과의 사별 혹은 이별한 것이 도덕적 결함으로 그려지는 경향이 있었다. 하지만 최근에는 자식을 위해 희생하고 남편에게 헌신만 하는 여성은 찾아보기 힘들다.

스위스 영화 〈할머니와 란제리〉(2006)는 보수적인 시골 마을에서 80살이 된 마르타가 친구들과 함께 속옷가게를 열게되면서 벌어지는 이야기를 코믹하게 그려낸다. 남편이 세상을 떠난 후 바깥 외출도 삼가면서 슬픔에 잠겨 하루하루 죽기만을 바라며 살아가는 마르타는 어느 날 시내 속옷가게에 가보고는 20대 가졌던 꿈을 다시 꾼다.

뛰어난 바느질 솜씨를 가지고 있던 마르타는 친구들의 격려 속에서 속옷가게를 연다. 하지만 보수적인 시골 마을 사람들은 속옷가게가 마을에 생긴다는 것 자체가 마을의 명예를 실추시키는 일이라 생각하고 반대한다. 특히 교회 목사인 아들은 어머니가 늙어서 속옷가게를 한다는 것을 창피하게 여기고 가게 오픈을 적극적으로 방해한다. 가부장적인 마을 분위기에 맞서서 마르타와 그녀의 친구들은 속옷가게를 지켜내기 위해 애쓴다.

노년에 대한 인식 변화는 양성평등이란 사회적 이슈와 맞물려 '황혼 로맨스(로맨스 그레이)'에서 여성이 담당하는 성 역할의 변화로 확장된다. 그동안 드라마 속 황혼 로맨스는 대부분 남성들에 의해 적극적으로 전개되면서 여성은 수동적으로 남성의 구애를 받기만 했다. 주로 여성은 주변의 시선을 의식해 적극적으로 나서서 자신의 의사를 표현하지 않는 모습으로 그려지는데, 이는 순수함 혹은 청순함으로 포장되었다. 그로 인해 여성은, 중년 혹은 노년의 나이로 캐릭터가 설정될지라도 결혼한 적 없는 미혼으로 그려지는 경우가 많았다.

시트콤 〈지붕 뚫고 하이킥〉(2009)은 최고 시청률 24.9%를 기록하며 대중들의 많은 사랑을 받았다. 이 시트콤에는 20대 남녀 주인공의 러브라인을 비롯해 다양한 유형의 사랑이 등장하는데 그중 하나가 72세 중소 식품회사 사장과 60세 고등학교 교감의 황혼 로맨스다. 72세 이순재는 전형적인 가부장적 스타일로 화를 버럭버럭 잘 내고 방귀를 시도 때도 없이 우렁차게 뀌는 회사 대표다. 3년 전 아내와 사별한 그는 고등학교 교감 김자옥과 불같은 연애에 빠진다. 그는 주변 사람들의 조롱이나 딸의 반대에도 불구하고 그녀와의 결혼에 들떠 있는 모습으로 자주 등장한다. 반면 고등학교 교감인 김자옥은 이순재와 띠동갑으로 60세이지만 결혼한 적 없는 미혼으로 설정되어 있다. 또한 잘 웃고 잘 우는, 소위 '소녀 감성'을 가진 순수하고 조신한 여자로 그려진다.

최근 여성에게 일방적으로 강요되었던 순결 이데올로기의 약화와 맞물려 황혼 로맨스에서도 성(性) 의식에 있어 성별 차이가 줄어들고 있다. 한 개인으로서 성적 욕망을 인정하고 존중하는 사회 분위기가 만들어지고 있는 것이다.

영화 〈죽어도 좋아〉(2002)는 황혼 로맨스를 다룬 대표적인 노인영화로, 실화를 바탕으로 실존인물이 출연해 화제를 모았다. 부인과 사별하고 외롭게 지내던 일흔세 살 박치규 할아버지는 어느 날 공원에 갔다가 이순례 할머니를 만나 첫눈에 반해 두 사람은 바로 동거에 들어간다. 영화는 70대 노부부의 성생활과 뜨거운 사랑을 사실적으로 보여준다.

노년 인구의 증가는 노년에 대한 사회적 인식을 변화시킬 뿐만 아니라 문화소비 주체로서 노년층의 출현을 예고한다. 최근 문화소비의 중심축이 변하고 있는데, 이는 세대별 미디어 사용 트렌드와 관계가 깊다. 10대와 20대는 디지털미디어를 통한 웹 기반 문화콘텐츠를 주로 이용하는 반면, 디지털 매체에 익숙하지 않는 중년층과 노년층은 여전히 TV드라마와 영화에 대한 미디어 로열티가 높다. 이로 인해 멜로드라마 스토리텔링의 경우 TV의 주 시청자층인 중년층이 주요 인물로 등장할 뿐 아니라 그들의 관심을 끌 수 있는 내용이 많아지고 있다.

〈키스 먼저 할까요?〉(2018, 극본 배유미)는 '리얼어른멜로'라는 테마로 중년 남녀의 서툰 사랑 이야기를 그린다. 주인공은 20년째 권고사직의 압박에 시달리는 40대 스튜어디스 안순진과 한때 잘나가는 카피라이터였지만 현재는 고독사를 걱정하는 40대 독거남 손무한이다. 서로 다른 성격과 배경의 두 사람은 20대 젊은 세대의 사랑처럼 열정적이지는 않지만 가슴 따뜻한 그들만의 사랑을 나누며 서로의 상처를 보듬는다.

손무한이 불면증으로 고생하는 안순진에게 "가끔 나하고 자러 우리 집에 올 수 있는지 궁금해요. 우리 둘 다 혼자잖아요. 혼자된 지도 너무 오래됐어요. 벌써 몇 년째예요. 난 외로워요. 당신도 그러지 않을까 싶어요"라는 책의 글귀를 읽어주며 "자러 올래요?"라고 제안하는 장면은 방영 당시 화제가 되었다.

〈신사의 품격〉(2012, 극본 김은숙)은 '꽃중년' 네 남자의 각기 다른 사랑 이야기를 다룬 로맨스코미디드라마다. 주인공 김도진은 등장인물 소개란에 "지나치게 완벽한 얼굴과 과도하게 흠 없는 바디스펙을 가진 이 남자"로 적혀 있는데 스펙 측면에서는 멜로드라마 남자 주인공의 전형을 보여준다. 하지만 극 중반에 고등학생 아들이 갑자기 나타나면서 연애전선에 문제가 발생한다. '영원한 조각미남' 배우 장동건에게 고등학생 아들이 생기는 설정과 더불어 드라마 속 또 한 명의 주인공 '90년대 청춘스타' 김민종에게는 사별한 전 부인과 16살 연하의 연인이 존재한다. 드라마 시청자층이 고령화되면서 드라마 스토리텔링과 드라마 주인공도 함께 나이 들어가는 것이다.

5.
사랑은 움직이는 거야

멜로드라마는 등장인물의 감정과 심리에 대한 서사의존도가 높기 때문에 남녀 주인공을 둘러싼 인물관계가 매우 중요하다. 그런 의미에서 가장 빈번하게 등장하는 사랑의 장애물은 불치병이나 가족의 반대 등 관계 외적인 측면이 아니라 남녀 주인공의 사랑을 방해하는 제3자의 출현 그 자체다. 남자 주인공과 여자 주인공 사이에 제3자가 끼어드는 삼각관계가 대표적인 사례다.

〈초대〉(1999, 극본 최윤정)는 연인인 황승주와 최영주 사이에 장미란이란 인물이 끼어들면서 삼각관계가 형성된다. 드라마 초반에 장미란은 영주의 친한 친구로 등장하지만 황승주와의 사이에서 아기가 있다는 사실이 밝혀지면서 승주와 영주의 관계는 균열이 생긴다. 미란이란 캐릭터는 드라마 초반에 하룻밤 섹스를 지향하는 자유연애주의자로 나오지만 점점 결혼에 대한 집착을 보이면서 남녀 주인공의 사랑을 방해한다. 한편 영주의 옛 연인이었던 강동석 또한 고지식하고 순정적인 캐릭터로 등장하여 영주와 승주 사이에서 또 하나의 삼각관계를 형성하며 극의 긴장감을 높이는 역할을 담당한다.

두 개의 삼각관계가 동시에 진행되는 〈초대〉와 달리, 〈꽃보다 남자〉는 서로 다른 삼각관계가 순차적으로 등장하면서 극의 전개를 점진적으로 이끌고 나간다. 〈꽃보다 남자〉(2009)는 부유층 자제들만 다니는 학교에 평범한 집안 출신의 소녀 금잔디가 입학하면서 이야기가 전개된다. 여주인공 금잔디는 학교에서 따돌림을 당하는데 그때 그녀에게 도움의 손길을 내밀었던 사람이 바로 윤지후다. 전직 대통령 손자인 그는 5살 때 자동차 사고로 부모를 잃고 자폐적인 성향을 갖게 되는데, 학교 비상계단에 혼자 앉아 있던 그가 자신을 괴롭히는 아이들을 피해 그곳으로 숨어들어온 잔디를 만나면서 그들 사이에 우정이 싹튼다. 배려 깊은 그의 행동에 잔디는 사랑의 감정을 느끼지만 그는 첫사랑을 잊지 못하고 그녀를 찾아 프랑스로 떠난다. 여기까지가 극의 한 축을 담당하는 지후와 그의 첫사랑 그리고 그를 짝사랑하는 잔디가 형성하는 삼각관계다.

드라마의 또 다른 축은 잔디와 지후, 그리고 잔디를 사랑하는 구준표가 형성하는 삼각관계다. 신화그룹 후계자인 구준표는 처음에는 잔디를 괴롭히는 데 앞장섰지만 나중에는 잔디를 사랑하게 되고 그녀와 연인관계가 된다. 이때 그들의 사랑을 가로막는 것은 신분 격차, 그리고 그들의 친구인 '윤지후'의 존재다. 지후는 첫사랑에 실패한 실연의 아픔을 잔디를 통해 위로받으면서 우정과 사랑 사이를 아슬아슬하게 오간다.

〈꽃보다 남자〉처럼 여러 개의 삼각관계가 순차적으로 등장할 때에는 같은 등장인물일지라도 상황에 따라 맡게 되는 역할이 달라질 수 있다. 첫 번째 삼각관계에서 지후와 잔디의 사랑을 방해하는 인물이 지후의 첫사랑이었다면 두 번째 삼각관계에서는 지후가 준표와 잔디의 사랑을 방해하는 인물로 등장한다.

멜로드라마에서 제일 중요한 것은 남녀 주인공과 그들의 사랑이다. 하지만 그들의 사랑을 가로막는 장애물이 없다면 그들의 사랑은 지극히 소소하고 평범해진다. 아름답고 순결한 그들의 사랑을 더욱 돋보이게 해줄 악역, 제3자의 존재는 그래서 매우 중요하다. 흔히 그들을 '조연' 혹은 '서브 주연'이라고 부르기도 하는데, 그들의 캐릭터는 주연 못지않게 극의 재미와 시청률에 많은 영향을 끼친다. 그래서 2000년대를 전후로 평면적이던 악역에게 주연에 버금가는 '캐릭터성'과 '매력'이 부여되기 시작하였다.

〈천국의 계단〉(2004, 극본 김남희 외 4명)은 배우 최지우와 권상우가 주연을 맡은 멜로드라마로 한국과 일본에서 큰 인기를 끌며 두 주연배우를 한류스타로 자리매김하게 하는 데 큰 역할을 담당하였다. 이때 연인으로 나온 두 사람을 방해하는 제3의 인물 역시 큰 인기를 끌었는데 '타고난 미모로 신분상승을 꿈꾸는 한유리'란 배역을 연기한 배우 김태희는 드라마 성공 이후 주연배우로 발돋움했다. 〈미스터 Q〉(1998, 극본 이희명)는 당대 최고 인기스타였던 김희선과 김민종이 주연을 맡았던 드라마로, 여주인공을 괴롭히는 디자인팀 실장 역할을 맡았던 배우 송윤아 역시 큰 인기를 모으며 그해 백상예술대상 TV부문 인기상을 수상하였다.

악역임에도 불구하고 대중들의 전폭적인 관심을 받는 바

람에 극 전개의 중심이 주연이 아닌 조연인 '악역'으로 옮겨
간 사례도 있었다. 〈왔다! 장보리〉(2014, 극본 김순옥)는 때 묻
지 않은 순수한 장보리를 통해 부와 명예에 사로잡힌 모순적
인 인간들이 사람답게 변화하고 성장하는 이야기를 그린다
는 기획의도로 제작되었다. 드라마는 주인공 장보리의 이야
기로 시작하였으나 후반으로 갈수록 시청자의 관심이 악역
'연민정'의 종말에 쏠리면서 '왔다! 연민정'이라는 타이틀로
불렸다. 연민정은 일과 사랑에 있어 주인공 장보리를 계속
방해하고 괴롭히는 역할이었지만 대중의 전폭적인 지지를
받으며 연민정 역을 맡은 배우 이유리는 그해 연기대상을 수
상하며 화제의 중심에 섰다.

  매력적인 제3의 인물은 주로 여성 인물이며 드라마 속 여
자 주인공보다 사회적으로 성공했거나 물질적으로 부유한
것으로 설정된다. 가난하지만 밝게 살아가는 여자 주인공을
괴롭히고 못 살게 구는, 질투와 시기에 눈이 먼 여자로 그려
진다. 하지만 그 이면에는 현실에 안주하지 않고 자신의 욕
망에 충실한 여성이라는, 시대 변화의 흐름이 감추어져 있
다. 이와 같은 '사랑받는' 여성에서 '사랑하는' 여성으로의
전환은 멜로드라마 속 남녀관계의 새로운 변수로 작동하면

서 극의 흥미를 증폭시키는 역할을 담당하였다.

삼각관계가 남녀 주인공과 제3의 인물로 구성된 멜로드라마의 전형적인 애정구도라면, 2000년대 들어 그보다 더 복잡한 관계유형이 본격적으로 등장하기 시작하였다. 여기에는 네 명의 등장인물이 긴밀하게 연결된 '사각관계'와 남녀 주인공을 중심으로 여러 갈래로 확장된 '다각관계'가 포함된다. 그동안 삼각관계가 사랑의 장애물로 인해 남녀 주인공의 사랑을 증폭시키고 고난과 역경에도 불구하고 사랑을 완성하는 남녀 주인공의 모습을 통해 운명적 사랑에 대한 대중들의 믿음과 기대를 충족시키는 역할을 했다면, 사각관계와 다각관계는 운명적 사랑이나 사랑의 절대성보다는 주인공을 둘러싼 주변 상황이나 사랑의 타이밍에 주목함으로써 사랑의 완성에 영향을 끼치는 여러 변수들을 깊이 있게 조명한다. 다시 말해, 멜로드라마의 메시지가 사랑의 절대성에서 사랑의 상대성, 즉 사랑의 다양한 존재방식으로 이동한 것이다.

〈발리에서 생긴 일〉(2004, 극본 김기호, 이선미)의 주인공 네 명은 일과 사랑으로 얽힌 그들만의 사각관계를 형성한다. 일반적으로 사각관계는 남녀 주인공을 중심으로 그들을 각각 짝사랑하는 남녀 조연들로 구성되어있는 반면에 〈발리에서 생긴 일〉의 사각관계는 서로를 향한 사랑과 증오가 꼬리를 물며 관계가 형성되어 있다.

가난한 집안 출신의 여행 가이드 수정은 발리에서 재벌 후계자 재민을 만나 그의 전폭적인 사랑과 후원을 받으면서 그를 사랑하게 되지만 결국엔 가난한 집안 출신의 엘리트 강인욱을 인생의 동반자로 선택한다. 이에 분노한 재민이 두 사람을 죽이는데 그때 수정은 재민에게 "사랑해요"라고 자신의 속마음을 고백한다. 물질적인 후원을 받고 있는 상황에서 그를 사랑하지 않는 것이 자존심을 지키는 일이라고 생각했던 것이다. 자신의 총에 맞고 죽어가는 그녀의 사랑고백을 듣고 절망에 빠진 재민은 그 옆에서 자살한다.

사각관계 속 최후의 생존자 최영주는 부유한 집안 출신으로 연인 사이였던 강인욱과 집안 반대로 헤어지고 재벌 후계자 재민과 약혼하지만 헤어진 연인을 잊지 못해 방황한다. 그녀는 강인욱과 정재민 모두 이수정을 사랑한다는 걸 알게 된 후로 배신감과 복수심에 휩싸인 삶을 살게 된다.

〈발리에서 생긴 일〉 속 네 명의 사각관계는 어느 한쪽의 기울임 없이 팽팽하게 균형 잡혀 있다. 극의 중심이 되는 절대적 사랑은 존재하지 않는다. 시청자들은 하나의 사랑을 응원하기보다는 '애증'이란 복합적인 감정으로 묶인 네 명의 '관계', 그리고 한 치 앞도 예상할 수 없는 그들의 '사랑'에 몰입한다. 드라마는 방영 당시 주인공 세 명의 죽음이라는, 멜로드라마의 전형성을 깨는 파격적인 엔딩을 선보임으로써 큰화제를 모았다.

〈발리에서 생긴 일〉이 네 명 등장인물들이 하나의 사각형을 만드는 '사각형' 애정구도를 보여준다면 〈사랑의 온도〉는 남녀 주인공을 중심으로 여러 갈래로 확장된 '다각형' 인물관계를 보여준다. 〈사랑의 온도〉(2017)는 드라마 작가 이현수와 연하남 쉐프 온정선의 로맨스를 다룬 멜로드라마다. 연인 사이인 남녀 주인공 곁에는 여자 주인공 이현수를 사랑하는 드라마 제작사 대표 박정우가 있고 남자 주인공 온정선을 사랑하는 드라마 작가 지홍아가 있다. 그리고 지홍아를 짝사랑하는 쉐프 최원준이 있으며 최원준을 짝사랑하는 소믈리에 임수정이 있다. 이와 같이 드라마 속 등장인물들은 남녀 주인공을 중심으로 관계가 여러 갈래로 파생된다. 하지만 그들의 로맨스는 별도의 에피소드로 진행된다. 드라마는 세상에는 다양한 유형의 사랑이 있음을 보여주는 동시에 각기 다른 삶의 방식을 풍성하게 재현한다.

6.
사랑에는 금기가 없다

그동안 드라마에서 금기(禁忌)라고 분류되는 소재들이 있었다. 불륜, 동성애, 청소년의 성(性), 정신질환 등 사회적 통념에 반한다고 생각했던 것들이 바로 그 예에 해당된다. 다수의 사람들이 수용하기 어렵기 때문에 대중 영상매체인 TV 드라마에서는 별로 다루지 않았던 소재들이다. 다만, 불륜의 경우엔 홈드라마의 세부 장르로서 자리 잡은 '막장드라마'의 주요 소재로 다루어지면서 한국드라마에 많이 등장하고 있다. 하지만 드라마 소재로서 '불륜'도 시대에 따라 다른 의미를 가지며 드라마 스토리텔링에 있어 다른 전개양상을 보인다. 이에 대해서는 2장 〈홈드라마와 가족의 해체〉에서 자세하게 다룰 예정이다.

사회가 변화함에 따라 금기를 대하는 대중들의 태도도 변하고 있다. 스승과 제자의 사랑을 그린 〈로망스〉(2002, 극본 배유미)는 방영 당시 여교사와 고교생 제자의 사랑을 다룬다는 설정이 너무 선정적이어서 교권을 실추시켰다는 이유로 교원단체로부터 많은 항의를 받았다. 하지만 "난 선생이고 넌 학생이야"라는 대사는 현재 여러 장르에서 패러디되고 있다.

과거 금기에 해당하는 드라마 소재는 주로 '사랑'에 관한 것이 많다. 하지만 최근 황혼 로맨스에 대한 대중의 인식이 달라진 것처럼 드라마 속 남녀관계를 바라보는 시선 역시 보다 개방적이고 유연해졌다. 특히 연인들의 나이차는 숫자에 불과하다는 인식이 강해졌다. 그동안 연인 사이의 남녀 등장인물들은 나이대가 비슷하게 설정되었다. 하지만 최근 들어 나이 격차가 크게 나는 커플을 주인공으로 삼은 드라마들이 많아졌다. 트렌드에 민감한 젊은 감성의 40대 남자를 일컫는 '영포티'와 20대 여성의 로맨스를 다룬다거나 여성이 남성보다 나이가 많은 연상연하 커플들이 그러한 예다.

〈도깨비〉(2016, 극본 김은숙)는 극중 30대로 등장하는 도깨비 김신과 그를 '아저씨'로 부르는 도깨비 신부 19세 여고생 지은탁의 로맨스를 다룬다. 〈나의 아저씨〉(2018, 극본 박해영)는 삶의 무게를 무던히 버텨왔던 40대 남자와 그와는 전혀 다른 삶이지만 삶의 무게를 견디고 있는 20대 여자가 상대방의 삶을 바라보며 서로를 치유하게 되는 모습을 담은 드라마로 극중 나이차가 20살이다.

나이차가 많은 연인 관계는 대체로 남자가 연상인 경우가 많지만 그와 반대로 여자가 남자보다 나이가 많은 경우도 점점 늘어나고 있다. 〈밀회〉(2014)는 성공을 위해 앞만 바라보고 달려온 마흔 살 예술재단 기획실장 오혜원과 자신의 재능을 모르고 살아온 스무 살 천재 피아니스트 이선재의 음악적 교감과 애틋한 사랑을 그린 멜로드라마다. 여자 주인공의 나이가 남자 주인공의 딱 두 배다. 〈마녀의 연애〉(2014, 극본 반기리, 이선정)는 과거 결혼을 약속하고 갑자기 사라진 남자친구 때문에 마음을 열지 못하는 39세 여자와 여자친구의 죽음으로 의사의 꿈을 포기하고 사는 25세 연하남의 로맨스를 그린다. 그들의 나이차는 14살이다. 〈너의 목소리가 들려〉(2013, 극본 박혜련)는 속물 국선전담변호사 장혜성과 사람의 마음을 읽는 신비의 초능력 소년 박수하, 바른생활 사나이 차관우가 만나면서 벌어지는 사건들을 흥미진진하게 그린다. 여자 주인공 장혜성은 스무 살인 남자 주인공 박수하보다 아홉 살

많지만 비슷한 나이인 차관우가 아닌 연하 박수하와 연인 사이가 된다. 극중 장혜성과 박수하는 박수하가 고등학생 때부터 서로에게 호감을 느끼는 것으로 그려진다.

최근 한국사회에서 많은 논쟁을 불러일으킨 이슈가 있다면 단연 '동성애'다. 동성애에 대한 사회적, 종교적 견해가 매우 다양하게 개진되고 있는 상황에서 동성애는 드라마 소재로서 창작자들에게 그리 매력적이지 않다. 자칫하면 대중으로부터 외면 받을 수 있기 때문이다. 하지만 표면적으로는 동성애로 보이지만 내용적으로는 이성애를 이야기하는 '남장 여자' 모티프는 불필요한 논쟁을 피해갈 수 있다는 점에서 자주 사용되었다.

〈아름다운 그대에게〉(2012, 극본 이영철)는 높이뛰기 금메달리스트 강태준을 만나기 위해 금녀(禁女)의 구역인 남자 체고에 위장전학 온 남장 미녀 구재희의 좌충우돌 생존기를 그린다. 〈성균관 스캔들〉(2010, 극본 김태희)은 몰락한 가문의 생계를 책임지는 김윤희가 남동생 대신 금녀의 공간인 성균관에 들어가 유생들과 동고동락하면서 겪게 되는 여러 가지 에피소드를 다룬다. 〈미남이시네요〉(2009, 극본 홍정은, 홍미란)는 사고로 대외활동을 하지 못하게 된 오빠를 대신해 아이돌 멤버가 된 쌍둥이 여동생과 다른 아이돌 멤버들과의 로맨스를 그린다.

남장 여자를 모티프로 한 이 세 드라마는 모두 동일한 서사 패턴을 보인다. 드라마 초반에는 남자인 줄 알고 친하게 지내다가 우정에서 사랑으로 마음이 점점 기울어지는 것을 서로 느낀다. 남장 여자인 것을 모르는 남자 주인공은 자신이 동성을 좋아하는 건 아닐까 내적 갈등을 겪지만, 사람을 사랑하는 것은 다 똑같은 거라는 결론에 도달하며 남장 여자인 여자 주인공에게 사랑을 고백한다. 결국엔 자신이 사랑하는 사람이 남자가 아닌 여자라는 걸 알게 되고 그들의 사랑은 해피엔딩으로 완성된다.

드라마 서사장치로서 '남장 여자'는 사회적 금기인 동성애를 전면에 내세움으로써 남녀 주인공 사이의 감정을 증폭시키는 역할을 한다. 하지만 극의 후반부에 남자로 알았던 연인이 여자임이 밝혀지면서 이성애적 해피엔딩으로 마무리된다. 결국 사회적 통념을 극복하고 사랑을 선택한 남자 주인공의 순정은 동성애라는 사회적 금기에 대한 도전으로 해석되기보다는 여자 주인공에 대한 지고지순한 사랑 또는 사랑의 위대함으로 표현된다.

남장 여자 모티프가 형식적인 측면에서 동성애를 활용한
다면 동성애를 드라마의 중요한 사건으로 설정해 보다 심층
적으로 조망하는 드라마도 있다. 〈인생은 아름다워〉(2010, 극
본 김수현)는 두 명의 남자 주인공 태섭과 경수의 결혼을 통해
'동성결혼'이라는 화두를 던진다. 그들의 결혼을 둘러싼 두
가족의 상반된 반응은 동성애에 대한 한국사회의 모습을 실
감 있게 보여준다. 태섭의 가족은 그의 사랑을 그대로 받아
들인 반면 경수의 부모와 형제자매는 모두 그에게 등을 돌리
고 외면한다. 〈인생은 아름다워〉는 동성 커플의 결혼과정을
사실적으로 그려냄으로써 동성애에 대한 사회적 인식뿐 아
니라 제도적인 측면까지 심도 있게 다룬다.

드라마 소재로서 동성애는 주로 가족 내에서의 승인과 수
용의 문제로 표현되는데 이는 영화에서도 동일한 양상을 보
인다. 영화 〈친구 사이〉(2009)는 군입대한 동성 연인을 면회
간 한 남자의 이야기다. 그는 오붓한 하룻밤을 기대하며 두
근거리는 가슴을 안고 철원행 버스를 탄다. 하지만 그는 그
곳에서 연인의 어머니와 대면하고 둘의 관계를 묻는 그녀에

게 '친구 사이'라고 말할 수밖에 없는 상황에 놓인다.

한국드라마와 영화가 동성애를 가족이라는 사회관계 영역 안에서 다룬다면 외국의 경우엔 사적인 측면에서 개인으로서의 동성애자를 그린다. 미국드라마 〈하우스 오브 카드〉(2013)는 미국 워싱턴 D.C.의 정계를 배경으로 벌어지는 야망, 사랑, 비리 등 치열한 암투를 다룬 드라마다. 주인공인 미국 대통령 프랭크 언더우드는 양성애자로 묘사되는데 남자 대학동창과의 낭만적인 추억이 현재 부인과의 일상 속에 자연스럽게 섞여 들어간다.

영국드라마 〈마이 매드 팻 다이어리〉(2013)는 1996년 영국 링컨셔를 배경으로 4개월 동안 정신병원에 입원했다 집으로 돌아온 음악광 16세 소녀 레이의 삶을 그린 성장과 치유에 관한 드라마다. 레이의 친구로 등장하는 동성애자 아치는 평소 어울려 다니는 친구들 앞에서 처음으로 자신의 성정체성을 커밍아웃한다. 가족과의 갈등은 드라마에서 전혀 그려지지 않는다. 오히려 그는 친구들의 반응을 두려워한다. 하지만 커밍아웃 후 그는 여전히 친구들과 돈독한 우정을 나누며 레이의 도움을 받아 자신의 동성 연인을 찾는다.

드라마 소재로서 잘 다루지 않았던 금기 중 하나는 '정신질환'이다. 정신질환에 대한 사회적 인식이 부정적이었기 때문에 그것을 소재로 한 드라마를 제작하는 것 역시 부담스럽게 여겨졌다. 하지만 육체 건강과 함께 정신 건강에 대한 관심이 높아지면서 점차 정신질환을 소재로 활용하거나 정신질환자를 주요 등장인물로 설정하는 드라마가 늘어나고 있다.

〈킬미, 힐미〉(2015, 극본 진수완)는 일곱 개의 인격을 가진 다중 인격 재벌 3세와 그의 비밀 주치의가 된 레지던트 1년차 여의사의 로맨스를 그린다. 어린 시절 아동학대로 남자 주인공은 일곱 개의 인격으로 분열되었지만 드라마 후반에 여자 주인공의 도움으로 분열된 자아가 하나의 퍼즐로 완성되면서 해피엔딩을 맞는다. "킬미(kill me)라는 말 대신 힐미(heal me)라는 요청을 보내"라는 극중 대사처럼 드라마는 강퍅한 현실에 괴로운 시청자들의 마음을 따뜻하게 보듬으면서 한국뿐 아니라 외국에서도 많은 사랑을 받았다.

〈괜찮아 사랑이야〉(2014, 극본 노희경)의 주인공 유명 추리소설가 장재열은 인기시간대 라디오 디제이로도 활약하면서 로맨틱한 남자의 표상으로 자리 잡는다. 하지만 사실 그는 색깔과 정리정돈에 대한 강박증과 정신분열증을 앓고 있으며 침대가 아닌 화장실 욕조에서 잠을 자야 하는 정신질환 환자다. 그런 그를 사랑하는 정신과 의사 지해수는 사고로 장애를 갖게 된 아빠를 두고 아빠 친구와 불륜관계를 갖는 엄마를 목격한 탓에 남자와 관계를 갖는 것에 불안장애를 가지고 있다. 드라마는 정신질환을 앓고 있는 두 남녀 주인공의 일과 사랑, 그리고 삶을 담담하게 담아냄으로써 대중들로부터 큰 호평을 얻었다.

홈드라마와 가족의 해체

7.
소소한 가족 이야기와 소소하지 않은 시청률

TV드라마는 매체의 용이한 접근성과 불특정한 다수를 포괄하는 두터운 수용자층을 가지고 있기에 가장 대중적인 콘텐츠라는 평가를 받는다. 그중 가장 보편적 단위인 가족을 소재로 하는 홈드라마는 우리와 가장 비슷한 모습으로 우리 가까이에 있다. 가족은 멜로드라마의 로맨스처럼 화려하지 않고 판타지드라마의 환상처럼 특별하지 않다. 범죄수사드라마의 액션처럼 스펙터클하지도 않다. 하지만 홈드라마의 '가족'은 편안하고 따뜻하다.

홈드라마는 가족·가정의 사랑, 화해, 용서 등을 통해 가족애를 회복하고 그것의 중요성을 깨닫는 내용을 다룬다. 한국사회에 있어 '가족'은 절대 변할 수 없는 절대적 가치이다. 그런 의미에서 드라마의 장르적 관습과 시대 변화의 움직임이 가장 크게 충돌하는 장르가 있다면 바로 홈드라마다. 드라마에서 보여주는 세대별 로맨스를 살펴보면 사랑과 결혼의 관계, 무엇보다 가족의 존재방식이 달라지고 있음을 확인할 수 있다. 멜로드라마 속 로맨스의 새로운 경향은 홈드라마의 중심소재인 세대갈등과 긴밀하게 연결되어 있다. 또한 사회 변화의 흐름 속에서 가족의 가치와 존재양식의 변화는 사람의 이야기를 다루는 모든 드라마 스토리텔링에 영향을 끼친다. 홈드라마는 시대 변화나 사회 문제가 개인에게 어떤 영향을 끼치며 그것의 해결방안 중 하나로서 가족애와 가정이란 틀이 어떠한 역할을 하는지 삶의 한 단면을 보여준다.

홈드라마는 사회적 이슈나 당대의 관심사를 가장 일상적이고 보편적인 이야기로 풀어낸다. 그러한 대중성이 바로 홈드라마의 인기 요인이다. 그런 의미에서 홈드라마에서 재현되는 가족과 가족 구성원의 모습은 많은 사람들이 관심을 가지기에 충분하다. 막강한 대중성을 확보하고 있는 TV드라마는 사회 구성원의 인식과 정서를 반영하는 거울인 동시에 역으로 시청자들의 행동모델 정보원으로서 기능한다. 특히 드라마 속 등장인물들 간의 상호작용은 시청자의 스테레오 타입, 역할 학습, 세계관 등 다양한 측면으로 영향을 미치며 특정 이데올로기에 입각한 사회적 현실을 구성하기도 한다.

한국과 중국에서 엄청난 화제를 모았던 〈아내의 유혹〉(2009, 극본 김순옥)은 가족 내 여성과 남성의 성 역할을 전형적으로 드러낸 작품이다. 드라마의 작품소개를 살펴보면 아래와 같다. "현모양처였던 여자가 남편에게 버림받고 가장 무서운 요부가 되어 예전의 남편을 다시 유혹하여 파멸에 이르게 하는 복수극을 그린 드라마." 드라마에서 아내는 자신을 배신한 남편에게 복수하기 위해 스스로 노력하는 것으로 그려진다.

하지만 실제로 아내의 행동은 모두 사회적으로 강요된 성 역할에 가깝다. 현모양처와 요부. 여성의 주체성을 배제하고 타자화시키는 방법은 여성을 성스럽고 순결한 성녀로 만들거나 그와 반대로 창녀로 낙인찍어 사회에서 소외시키는 것이다. 〈아내의 유혹〉의 '아내'는 자신만의 욕망을 가진 주체로서 그려지지 않는다. 남편에게 사랑받는 현모양처와 남편에게 버림받고 복수하는 요부로서만 존재할 뿐이다. 아내의 모든 행동과 생각은 결국 남편에게서 비롯된 것이며 아내의 자리는 없다.

그동안 드라마에 대한 연구가 적지 않게 나와 있지만 여성학적 관점에서 행해진 대부분의 연구들은 드라마의 긍정적인 측면보다 부정적인 측면을 강조하였다.[6] 특히 홈드라마속 여성 재현의 문제점과 가부장적 이데올로기 강화, 이로인한 여성의 주체성 저해, 여성의 사회 진출에 대한 부정적시각, 가부장제를 둘러싼 여성 간의 분열 등 많은 비평적 시각이 존재한다. 하지만 드라마 속 젠더이데올로기는 여성에게만 특정 성 역할을 강요하지 않는다. 남성 역시 소위 '남자다움' 혹은 '남성성'의 프레임에 갇혀 주체로서의 개인성을 상실하기 때문이다.

〈가화만사성〉(2016, 극본 조은정)은 중국집 배달부로 시작해 차이나타운 최대 규모의 중식당인 '가화만사성'을 연 '봉삼봉 가족들'의 이야기를 다룬다. 극중 혼전임신을 하게 된 딸의 상대 남성에게 엄마는 "너 내 딸한테 무슨 짓을 한 거야? 이제 금방 배불러지면 내 딸 어떻게 할 거냐고?"라고 소리치며 음식이 담긴 접시에 머리를 박게 하고 때린다. 딸의 혼전임신으로 엄마는 상대 남성에게 화풀이를 하는데, 이는 성관계에 있어 여성의 성적 자기결정권을 인정하지 않는 행동이다. 또한 임신에 대한 권리뿐 아니라 책임을 남성에게 모두 전가함으로써 남성에게도 가부장적 폭력을 행사한다. 극중 여성은 수동적인 피해자로 남성은 능동적인 가해자로 타자화되어 존재할 뿐이다. 이렇듯 젠더이데올로기는 여성뿐 아니라 남성에게도 편견과 차별을 발생시키며 모두의 주체성을 침해한다.

비판적인 시각에도 불구하고 홈드라마만큼 대중의 사랑을 많이 받은 드라마 장르는 드물다. 최근 케이블TV와 위성방송, IPTV 등을 포함한 종합편성채널 덕분에 시청자의 채널 선택권이 다양해지면서 프로그램 당 평균 시청률은 현저히 낮아졌다. 그럼에도 불구하고 홈드라마의 인기는 타 장르에 비해 압도적으로 높다. 2016년 방영 당시 한류열풍을 일으키며 엄청난 인기를 모은 멜로드라마 〈태양의 후예〉(KBS)가 1회 시청률 14.3%로 시작하여 평균 28.5%로 종영한 반면, 홈드라마 〈황금빛 내 인생〉(KBS)은 2017년 9월 2일 1회 시청률 20.7%로 시작하여 극의 후반부에는 40%대의 높은 시청률을 기록하며 그해 최고의 화제작이 되었다.

8.
세상의 모든 길은 가족으로 통한다

한때 인터넷 상에서 한국드라마의 특징에 대한 글이 공유된 적이 있다. 그중 가장 대표적인 것은 드라마 속 등장인물이 모두 사랑하는 사이가 된다는 것이다. 범죄를 수사하다가 사랑에 빠지고 환자를 치료하다가 사랑에 빠지고 요리를 하다가 사랑에 빠지고. 모든 장르의 한국드라마가 기승전-'로맨스' 즉, 멜로드라마로 수렴된다면 이와 반대로 한국의 홈드라마는 여러 장르의 특성을 모두 하나의 가족 이야기에 융합시키는 경향이 있다. 한 편의 홈드라마를 시청하면 그 안에 '출생의 비밀'로 인한 범죄수사도 있고 '로미오와 줄리엣'의 한국판 로맨스도 있고 '전생의 인연'으로 인한 역사드라마도 있고 '불치병'을 치료하기 위한 메디컬드라마까지 다양한 이야기를 접할 수 있다. 그런 의미에서 홈드라마는 일종의 종합선물세트다. 다수의 캐릭터가 등장하며 그들의 다양한 이야기가 흥미진진하게 펼쳐진다.

1) 홈드라마의 주인공은 가족과 가족 아닌 가족들

홈드라마는 일반적으로 일일드라마 혹은 주말연속극 형태로 기획된다. 때문에 다른 장르에 비해 스토리의 호흡이 길며 등장인물의 관계가 복잡하고 그것에 의해 파생되는 이야기가 풍성하다. 기본적인 가족 형태로 '대가족'이 자주 등장한다. 3대 혹은 4대가 함께 모여 살면서 여러 세대의 이야기를 다양하게 풀어내는 것이다.

〈왕가네 식구들〉(2013, 극본 문영남)은 3대가 함께 생활하는 왕씨 가족의 이야기를 그린다. 아빠 왕봉과 엄마 이앙금, 그리고 오 남매를 중심으로 그들과 혈연·혼인으로 파생된 친족 관계에 얽힌 다양한 이야기가 펼쳐진다. 아빠 왕봉과 엄마 이앙금, 아직 결혼하지 않은 딸 해박과 아들 대박, 그리고 왕봉의 어머니와 남동생 등 3대로 구성된 대가족이 인물관계도의 중심을 차지하며 첫째 딸 수박, 둘째 딸 호박, 셋째 딸 광박이가 결혼해서 구성한 세 가족과 그들의 시댁 이야기가 복식 구성으로 진행된다.

〈오작교 형제들〉(2012, 극본 이정선)은 열혈 엄마 박복자, 진상 아빠 황창식과 황씨 집안 4형제들이 서울 근교 오작교 농장에서 대가족을 이루어 살아가는 이야기를 그린다. 극중 세 번째 아들 '황태희'는 어린 시절 입양되었지만 그의 생부는 양부 황창식의 동생이다. 생부가 교통사고로 죽고 생모마저 다른 사람과 결혼하여 떠나버리는 바람에 생부의 형인 창식이 셋째 아들로 입양한 것이다. 태희는 황씨 부부의 친자식은 아니지만 그들과 혈연관계로 묶여 있다. 나중에 오작교 농장에서 이들과 함께 살게 된 백자은 역시 피 한 방울 안 섞인 남이지만 태희와 연인 사이가 되면서 '미래의 며느리'로서 그들의 '가족'에 편입된다.

위와 같이 홈드라마에서는 혈연과 혼인으로 구성된 3대 이상의 대가족이 자주 등장한다. 하지만 홈드라마가 반드시 혈족관계로 구성된 가족을 배경으로 하는 것은 아니다. 가족의 기능과 역할을 대체하는 '유사가족'이 등장하여 홈드라마의 특징인 가족애를 보여주는 사례가 점점 많아지고 있다. 1인 가구가 전체 가구 수의 4분의 1을 넘긴 지 오래인 한국의 현실에서 혈족관계로 이루어진 대가족은 허구를 넘어 판타지에 가깝다. 그런 의미에서 유사가족은 혼자 살되 소속감과 가족애를 느낄 수 있는 새로운 형태의 대가족이다.

〈유나의 거리〉(2014, 극본 김운경)는 직업, 성별, 나이, 성격까지 천차만별인 개성 만점 사람들이 사는 다세대주택을 배경으로 그곳에 사는 사람들의 이야기를 그린다. 드라마 배경인 다세대주택은 한때 소문난 조폭 두목이었으나 현재는 콜라텍을 운영하며 열심히 살아가는 한민복의 소유로, 그곳에는 그의 아내와 두 아이들, 콜라텍에서 일하는 엄혜숙과 그의 남편, 전과 3범의 소매치기 강유나와 그녀의 감방 동기인 카페 여사장 김미선, 한때 건달로 이름을 날렸으나 지금은 퇴행성관절염으로 거동조차 불편한 장 노인, 그리고 사회복지사가 꿈이었으나 지금은 콜라텍에서 일하는 김창만 등 다양한 사연을 가진 사람들이 산다.

콜라텍 사장, 건달, 소매치기 등 다세대주택 주민들은 사회적으로 신뢰할 수 없는 사람들이다. 하지만 그들은 다세대주택에 함께 살면서 가족과 같은 정을 나눈다. 서로가 어려울 때 힘이 되고 가족보다 더 가깝게 지내는 그들의 모습은 그 어느 가족보다 따뜻하고 정겹게 그려진다. 특히 독거노인 장 노인을 항상 아버지처럼 생각하는 한 사장네 가족들과 그를 살뜰히 챙기는 창만과 유나 그리고 미선의 다정한 행동은 삭

막한 요즘 시대에 이웃에 대한 정을 새삼 느끼게 한다.[7] 유사 가족의 가족애는 어린 시절 자신을 버리고 떠난 엄마를 다시 만나지만 쉽게 가까워지지 못하는 소매치기 전과 3범 주인공 유나의 모습과 대조되면서 더욱 부각된다.

〈전설의 마녀〉(2014, 극본 구현숙)는 저마다 억울하고 아픈 사연을 갖고 교도소에 수감된 네 여자가 '공공의 적'인 신화그룹을 상대로 유쾌한 복수에 나선다는 내용의 드라마다. 평균 수형 기간 9년인 감방 동기 네 명은 청주교도소 10번 방 방장으로 30년 가까이 복역 중이던 1급 모범수 심복녀를 엄마라고 부르며 유사가족 형태의 공동체를 이룬다. 그들은 한국여자교도소 내 직업훈련원에서 천신만고 끝에 제과제빵 자격증을 취득하고 출소 후 빵집을 함께 연다. 빵집을 운영하는 과정에서 그들은 제각각 신화그룹에 얽힌 자신들의 사연을 알게 되고 끈끈한 가족애로 뭉쳐 함께 복수를 다짐한다.

특히 심복녀의 경우 자신이 딸처럼 아끼는 두 여자가 신화그룹 때문에 억울한 옥살이를 하게 된 것을 알고는 신화그룹 회장에게 찾아가 크게 화를 낸다. 보복을 두려워하지 않는 용기 있는 행동은 친엄마 이상의 모성애를 보여준다. 또한 극의 후반부에 심복녀가 잃어버린 아들을 다시 만나게 되는

데 그녀의 아들은 자신이 딸처럼 아끼던 문수인의 연인으로 밝혀진다. 친가족보다 더 서로를 위해주는 가족애를 통해 결국 진짜 가족을 만나게 된 것이다.

같은 공간에 거주하지는 않지만 유사가족의 형태를 갖는 공동체도 있다. 〈디어 마이 프렌즈〉(2016)는 작가 박완의 시점으로 진행되면서 박완과 그녀의 엄마 장난희, 할머니 오쌍분이 3대 가족을 이룬다. 하지만 그들은 각자 자신의 집에 거주한다. 엄마 장난희의 고향친구들인 6명의 노인들 역시 한 쌍의 부부를 제외하고는 각자 다른 집에 거주한다. 게다가 그 부부는 나중에 헤어져 따로 살게 된다. 이처럼 모두 개별적인 거주지에 살고 있으나 그들은 모두 한 가족처럼 어울려 살아가고 인생의 희로애락을 함께 겪는다. 따로 살게 된 부부 또한 완전한 남남이 되는 것이 아니라 서로의 인생을 공유하는 관계로 연대감을 계속 유지하며 곁에 남는다. 이렇게 드라마 속 전체 등장인물들은 하나의 커다란 유사가족을 형성한다.

시대 변화와 맞물려 최근 주목받고 있는 새로운 가족 형태는 재혼가정이다. 평균 수명이 길어지고 노년 인구가 증가하면서 이혼과 사별로 인한 재혼가정이 점점 많아지고 있다. 〈아이가 다섯〉(2016, 극본 정현정, 정하나)은 싱글맘과 싱글대디가 인생의 두 번째 사랑을 만나면서 가족들과의 갈등과 화해, 사랑을 통해 진정한 행복을 찾아가는 과정을 그린다. 싱글대디 상태는 아내와 사별한 뒤에도 처가에 살면서 아이 둘을 홀로 키우고, 싱글맘 미정은 남편의 외도로 이혼한 뒤에 할머니, 아이 셋과 씩씩하게 살아간다. 두 주인공은 재혼 과정에서 부모의 반대, 아이들 문제 등 여러 난관에 부닥치게 되는데 기존에 재혼을 다룬 드라마들과 유사하게 재혼가정이 겪을 법한 현실적인 문제들을 실감나게 그려낸다. 극 후반부에 주인공 부부와 함께 아이의 친가, 외가가 모두 협력하여 다섯 명의 아이들을 양육하는 과정을 보여줌으로써 전처의 가족들까지 포함하는, 새로운 형태의 대가족 이야기를 선보인다.

2) 가지 많은 나무에 바람 잘 날 없다

홈드라마에 대가족, 유사가족, 재혼가정 등 다양한 형태의 가족들이 등장하는 이유는 인물 구성을 다각화함으로써 서사의 풍부함을 이끌어내기 위해서다. 세대, 성별, 경제 계층, 교육 정도, 성격, 가치관을 제각기 달리하는 다층적 인물 구성은 다양한 갈등을 발생시켜 극적 재미를 더해준다.

〈목욕탕집 남자들〉(1996, 극본 김수현)은 서울 변두리 쌍문동에서 30여 년간 대중목욕탕을 업으로 살아온 고집스러운 김복동 할아버지와 3대에 걸친 대가족이 목욕탕 건물에 함께 살아가는 이야기를 그린다. 1대 가부장적인 김복동과 순종적인 이기자 부부가 서로 상반되는 성격을 가진 것을 비롯해 아랫세대를 구성하는 형제자매, 혹은 자식들 역시 서로 다른 캐릭터를 선보인다. 2대의 경우 첫째 아들은 우직한 맏아들로서 희생적인 맏며느리 역할을 감당해내는 아내와 함께 집안의 기둥 역할을 한다. 반면에 둘째 아들 부부는 집안 대소사에 무심한 자식들로 까칠한 남편과 예민한 아내가 있다. 우연히 늦둥이 임신을 하게 된 둘째 부부와 달리 셋째 딸네는 심술궂은 막내딸과 그녀의 소심한 남편이 불임으로 고생하고 있다.

3대는 첫째 아들 김봉수의 세 명 딸로 구성되어 있는데 첫째 딸은 독신주의 신문사 기자, 둘째 딸은 현모양처가 꿈인 노처녀, 셋째 딸은 자유분방한 성격의 음반사 프로듀서이다.

이들과 함께 세 명의 남자가 등장하고 그들 사이에 각기 다른 연애와 결혼이 전개된다.

다양한 성격의 가족 구성원들은 다양한 이야기의 출발점으로서 홈드라마의 필수적인 요소이다. 하지만 동일한 가족에 소속되어 있어 유사한 배경을 가진다는 점은 드라마 소재의 스펙트럼을 제한할 수 있다. 이에 홈드라마는 결혼을 통한 파생관계를 적극 활용한다. 특히 중심 가족과 전혀 다른 배경을 가진 가족과의 혼인을 통해 이야기를 흥미진진하게 진행시킨다.

〈엄마가 뿔났다〉(2008, 극본 김수현)는 3대가 한 집에 함께 사는 전형적인 서민층 대가족을 중심으로 극이 전개된다. 아버지 나일석은 고등학교를 졸업하고 철도공무원으로 정년퇴직했고 어머니 김한자는 가난한 집안 출신으로 어렵게 여상을 마치고 작은 출판사 경리로 있다가 25살에 일석과 결혼했다. 그녀는 어려운 형편에 시동생 뒷바라지까지 하면서 몇 년 전까지는 화장품 할인 가게도 작게 했다.

소박한 일상을 보내던 부부에게 변화가 일어난다. 대기업 홍보실에서 일하는 착실하고 똑똑한 딸 영미가 회사 대표의 아들과 결혼한 것이다. 이를 계기로 드라마에는 사회적 신분과 경제적 차이로 인한 갈등이 새롭게 등장하기 시작한다. 영미의 시어머니 고은아는 결혼 전부터 아들과 영미가 사귄다는 사실에 반감을 가지고 있었기에 영미의 인격을 모독하는 행동도 서슴지 않는다. 결혼 후에도 모진 시집살이를 시킨다. 드라마는 영미가 시댁에 들어가 살게 되면서 서민층 며느리와 상류층 시어머니의 갈등뿐 아니라 상류층 집안 내부에서 벌어지는 부부 간의 갈등이라는 복식 구성도 달성한다.

사회적, 경제적으로 상반된 집안과의 혼인은 갈등의 형태를 다양화하고 극적 재미를 증가시킨다는 점에서 홈드라마에서 자주 사용되는 서사적 장치이다. 등장인물 사이의 대칭 구도는 사회적, 경제적 측면뿐 아니라 정서적 관계에서도 자주 활용된다. 현대판 로미오와 줄리엣, 즉 원수 집안끼리의 연애 혹은 혼인이 대표적인 사례이다.

〈오작교 형제들〉(2012)은 아들 넷을 둔 황씨 부부가 서울 근교 농장에서 대가족을 이루며 살아가는 이야기를 그린다. 단란하게 살던 그들에게 갑자기 불청객이 찾아온다. 자은은 농장이 자신의 아버지 소유이며 그가 10년 동안 친구에게 무상으로 임대해준 것이었다고 주장한다. 한순간에 삶의 터전을 잃고 당황하는 황씨 가족들은 자은의 아버지가 실종된 사실을 알고 이를 은폐할 생각에 그녀를 구박한다.

하지만 사업 부도와 아버지의 실종으로 갈 곳이 없는 자은과 어쩔 수 없이 한 집에 살게 되면서 그들은 서로 정이 든다. 자은과 앙숙이었던 셋째 아들 태희는 자은과 사랑에 빠지고 가족들에게 교제 사실을 공개한다. 딸처럼 자은을 아끼던 가족들은 그들의 사랑을 축하한다. 하지만 단 한 사람 태희의 아버지만은 극심하게 반대한다. 나중에 밝혀진 사실이지만 태희의 생부를 죽인 뺑소니범이 바로 자은의 아버지였다. 아버지의 죽음으로 태희는 큰아버지인 지금의 양부에게 입양돼 아들처럼 자라왔던 것이다.

결혼은 홈드라마의 핵심사건으로서 다양한 갈등요소로 작동한다. 사회적, 경제적 혹은 정서적 간극이 큰 상대와의 결혼에 대한 갈등이 바로 그것이다. 하지만 이러한 갈등의 근본적인 원인은 자식의 결혼에 부모가 개입하는 것이 자연스러운 한국 고유의 가족문화 때문이다. 한국에서는 부모와 자식이 독립된 개인이 아닌 가족 공동체의 일원으로 관계 속에서 존재한다. 그런 까닭에 사랑은 두 사람으로 시작되지만 결혼은 가족과 가족의 만남으로 마무리된다. 이러한 개입적 가족관계가 자녀 결혼에만 해당되는 것은 아니다. 사별과 이혼으로 혼자가 된 부모들이 새로운 사람을 만나 재혼하는 경우에도 비슷한 갈등이 발생한다.

〈사랑해서 남주나〉(2014, 극본 최현경)는 인생의 황혼기에서 새로운 로맨스를 꿈꾸는 노년의 두 남녀와 그들의 자식들이 함께 살아가는 이야기를 그린다. 정현수는 5년 전 상처한 전직 판사이다. 그는 뜻밖의 기회로 단골로 드나들던 반찬가게 사장 순애와 가까워지고, 남은 생을 순애와 함께 하고자 한다. 25년 전 남편과 이혼한 홍순애 역시 반찬가게 단골인 현수에게 자꾸 마음이 가는 자신을 발견하고 얼마 남지 않은 삶을 그와 함께 하기로 결심한다. 하지만 그들의 사랑은 자식들의 거센 반대에 부딪친다.

정현수의 딸들은 근엄하던 아버지가 홍순애에게 보이는 자상한 사랑이 어머니에 대한 배신처럼 느껴져 반대하고, 홍순애의 아들은 자신에게 물려줄 어머니의 재산이 줄어들 것을 우려해 어머니에게 사실혼 계약서를 제안한다. 이처럼 〈사랑해서 남주나〉 속 황혼 로맨스는 노년 인구 증가라는 사회적 흐름과 맞물려 배우자와의 사별 혹은 이혼 후 재혼하려는 늙은 부모와 갈등을 겪는 자식들의 이야기가 현실적으로 다루어진다.

결혼문제가 가족 내부의 사건이라면 경제위기에 따른 대량해고와 같은 사건은 가족 외부의 사건이라고 할 수 있다. 홈드라마는 사회에서 발생하는 모든 사건사고를 이야기의 소재로 활용한다. 특히 사회적 이슈를 사회의 가장 기본적인 단위인 가족 안에서 어떻게 수용하는지 보여줌으로써 당시 시대상을 현실감 있게 그려낸다.

1997년 IMF 외환위기로 수천 개의 기업이 도산했다. 드라마 속 많은 아버지들이 직장을 잃었고 많은 가정들이 가족 해체의 위기에 내몰렸다. 〈아버지의 집〉(2009, 극본 이선희)은 1998년부터 2009년까지 한 남자의 이야기를 통해 IMF 경제 불황 속에서 힘겹게 살아가는 아버지의 부성애를 그린다. 스턴트맨 대역배우인 강만호는 배운 것 없어 몸으로 벌어먹고 살면서도 자신만을 믿고 살아가는 아들을 바라보며 그 힘겨운 나날들을 버텨낸다. 〈가족사진〉(2012, 극본 이미림)의 한상태는 어렵게 혼자 힘으로 대학을 나와 취직을 했고 결혼도

해서 딸과 아들까지 두었다. 고아 출신인 그는 평범하고 행복한 가정을 꾸리는 것이 꿈이었고 그 꿈을 이뤄서 행복했다. 그러던 어느 날 아내가 암에 걸렸다는 사실을 알게 된다. 거액의 수술비가 필요하지만 그는 이미 직장에서 해고된 후였다. IMF 시절이었고 모두 어려운 처지에 도움받을 곳은 없었다. 수술하지 않으면 아내가 죽는다는 의사의 말에 그는 보험금 수령을 위해 위장 사망을 결심한다.

3) 가족 내 주도권 경쟁의 승자는 누구?

멜로드라마에서 주인공은 '멜로'의 중심에 있는 남자와 여자이며 그들을 중심으로 극이 전개된다. 하지만 등장인물이 많고 이야기가 여러 갈래로 진행되는 홈드라마의 특성상 주인공을 판별하는 것은 어려운 일이다. 그럼에도 드라마 속 인간관계의 구심점이 누구인지 확인해보면 홈드라마의 주인공을 찾는 일은 그리 어렵지 않다. 제주 송악산 부근에서 펜션을 운영하는 노부부와 그들의 자식들이 살아가는 이야기를 그린 〈인생은 아름다워〉는 '노부부'가 극의 중심이며, 아들 넷을 둔 황씨 부부가 서울 근교 농장에서 대가족을 이루며 살아가는 이야기를 그린 〈오작교 형제들〉은 '황씨 부부'가 가족관계의 중심이다. 이렇듯 홈드라마는 대개 중년 또는 노년 부부를 중심으로 인물관계가 형성되며 그들이 가족 위계질서의 가장 높은 자리를 차지한다.

〈사랑이 뭐길래〉(1991, 극본 김수현)는 평균 시청률 59.6%, 최고 시청률 64.9%로 역대 시청률 2위를 기록한 대표적인 홈드라마로, 권위적인 이 사장 집안과 민주적인 박 이사 집안이 사돈을 맺으면서 일어나는 일들을 코믹하게 그린다. 극 중 이 사장은 가장의 권위를 지키기 위해 가족들 앞에서는 절대 웃지도 않는 가부장적인 아버지의 표본이다. 그는 딸의 옷차림에 간섭하는 것은 물론이고 아내의 가계부에 참견하는 등 모든 가족 구성원을 철두철미하게 통제한다. 그런 그의 집에 신세대 며느리가 들어온다.

서로 다른 생활양식을 대비시키는 가운데 부모 세대의 전통적 가치관과 자식 세대의 자유분방한 가치관이 충돌하는 당시의 시대상을 잘 그려낸 〈사랑이 뭐길래〉는 신드롬에 가까운 폭발적인 인기를 끌었다.[8] 특히 극중 이 사장 역을 맡은 배우 이순재는 '대발이 아버지'로 불리며 대중들의 많은 사랑을 받았다. 대발이 어머니가 남편에게 구박당하고 신세 한

탄을 하며 틀어놓은 노래, '타타타' 역시 엄청난 인기를 얻었다. 이 사장의 아들 '대발이' 역시 아버지와 유사하게 가부장적인 면모를 보이며 당대 최고의 터프가이로 등극했다. 그는 '여자는 여자일 뿐'이라는 남녀차별적인 사고를 가진 남자로 아내 지은에게 '절대 순종' 약속까지 받아낸다.

2000년대 이전 홈드라마의 경우에는 부모 세대, 특히 아버지가 집안에서 가부장적 질서를 수호하는 중심인물로 그려진다. 하지만 사회적으로 여성의 지위가 상승하면서 홈드라마 속 엄마와 딸, 혹은 아내와 며느리 등 여성의 가족 내 위계서열이 달라지기 시작한다.

〈넝쿨째 굴러온 당신〉(2012, 극본 박지은)은 시댁 식구들과 얽히는 것이 싫어 능력 있는 고아를 이상형으로 꼽아온 커리어 우먼 차윤희가 완벽한 조건의 외과 의사 방귀남과 결혼하면서 벌어지는 일을 재미있게 풀어낸 홈드라마다. 기존 홈드라마가 남편 중심의 대가족을 배경으로 이야기가 전개된 것과 달리 〈넝쿨째 굴러온 당신〉은 남편을 가족 없는 고아로 설정함으로써 홈드라마의 장르적 관습에 균열을 낸다.

극이 전개되면서 사실은 앞집 부부가 남편 귀남이 오래 전

잃어버렸던 가족이라는 것을 알게 되고 결국엔 남편에게 가족이, 윤희에게는 시댁이 생긴 다음부터는 홈드라마의 전형적인 서사패턴을 따라 이야기가 흘러간다. 하지만 '가족 없는 고아'를 최고의 남편감으로 뽑는 여자 주인공의 출현은 홈드라마에서 여성에게 일방적으로 강요되었던 가부장적 질서가 해체되고 있음을 보여준다.

여성 캐릭터의 강세는 〈엄마가 뿔났다〉(2008)의 주인공 김한자의 역할 변화에서도 잘 드러난다. 62세의 김한자는 시아버지를 공경하고 남편에게 순종하고 자식에게 헌신하는, 한국의 이상적인 어머니상에 가까운 인물이다. 그런 그녀가 결혼생활 40년이 되자 안식년을 요구하고 '자아 찾기'에 나선다. 기존 홈드라마의 어머니들이 힘든 가사노동과 인생의 허무함을 그저 불평이나 하소연으로 표현하는 걸로 끝났다면 〈엄마가 뿔났다〉의 전업주부 김한자는 집을 나와 따로 독립을 하는 등 원하는 것을 실천에 옮기는, 주체적인 삶을 살고자 적극적으로 노력하는 여성으로 나온다.

홈드라마 속 가족위계의 변화는 여성에게 강요된 성 역할에 대한 문제제기란 측면에서 주목할 만하다. 또한 이러한 사회적인 측면 외에도 사건을 발생시키고 그것을 해결해나가는 주동인물로서 주체적 여성의 출현은 다층적 인물구성의 스펙트럼을 넓히고 이야기를 보다 풍부하게 만든다는 점에서 서사적 의미가 깊다.

9.
가족애를 위한 가족의 해체

홈드라마는 보통가족이 겪을 수 있는 일상의 크고 작은 갈등을 소소하게 풀어나간다. 드라마 속 사건사고는 매일 반복되는 일상으로 스며들고 그 근간에는 흔들리지 않는 가족애가 있다. 드라마가 끝나면 '피는 물보다 진하다'는 가족의 가치를 확인한다. 홈드라마는 해피엔딩으로 끝나는 장르의 특성 때문에 '사건'보다는 사건에 대한 '태도'가 중요하다. 다시 말해, 가족은 선택할 수 없는 존재이기 때문에 해피엔딩에 도달하기까지의 과정이 주요 시청 포인트가 되는 것이다. 앞에서 언급한 '다층적 인물구성'과 '사회적 이슈'에 의한 갈등이 홈드라마의 사건이라면 부성애, 모성애 등 '가족애의 유형'에 따른 갈등해결 양상은 사건 태도가 된다.

〈내 딸 서영이〉(2013, 극본 소현경)는 살아 계신 아버지를 부

정하며 천륜을 저버린 딸과 그런 딸을 향한 사랑을 드러낼
수 없는 아버지의 갈등과 화해를 그린다. 한때 성실한 가장
이었던 이삼재는 IMF 이후 실직에 처하고 그 뒤 가장으로서
의무를 빗나간 방법으로 찾으려 한다. 사업 실패와 노름을
밥 먹듯이 하는 아버지에게 큰 상처를 받은 딸 서영은 재벌 3
세와 결혼하는 과정에서 자신을 고아라고 속인다.

한편 그동안의 잘못을 뉘우치고 오직 딸의 안위만 걱정하
는 착한 아버지로 변한 삼재는 자신의 정체가 시댁 어른들에
게 들통이 나 딸이 쫓겨날까봐 딸에게 다가가지 못한다. 딸
에게 버림받은 아버지지만 그는 새벽녘이면 딸이 사는 집을
찾아가 배회하고 사위와 어울려 행복한 얼굴을 하고 있는 딸
의 미소를 전봇대 뒤에 숨어 흐뭇한 얼굴로 바라본다.

홈드라마에 아버지의 부성애가 있다면 어머니의 모성애도
있다. 〈부탁해요, 엄마〉(2016, 극본 윤경아)는 세상에 다시없는
앙숙 모녀인 산옥과 진애를 통해 징글징글하면서도 짠한 모
녀 간 애증 이야기를 그린다. 딸 진애는 아들만 편애하는 엄
마를 원망하며 결혼해서 빨리 엄마 곁을 떠나기만을 바란다.
하지만 결혼 후 엄마가 폐암 말기라는 걸 알게 되면서 가족

을 향한 엄마의 사랑을 깨닫는다.

드라마는 죽음 앞에서도 자식 생각뿐인 엄마의 모습을 애절하게 담아낸다. 산옥은 자신의 병을 알고 아들이 상처를 받을까봐 걱정하는데, 병원에 가면서도 아들과 함께 간다는 사실에 즐거워한다. 또한 임신한 딸아이가 자신이 죽고 나서 산후조리를 어떻게 할 것인지, 아이는 혼자 어떻게 키울 것인지 걱정한다. 마지막 회에서 산옥은 자신의 리마인드 웨딩 피로연을 마치고 자식들이 모두 잠든 방에 들어가 그들의 얼굴을 따뜻하게 바라본다. 그리고는 "내가 바랄 것이 또 뭐가 있겠느냐" 생각하며 엄마로서의 삶을 마감하고 죽음을 맞이한다.

대가족에서 핵가족으로 가족의 규모가 줄어들고 1인 가구의 비중이 높아지면서 가족의 기능과 역할을 대체하는 유사 가족이 늘어나고 있다. 그래서 가족 아닌 사람들의 '유사' 가족애를 보여주는 홈드라마도 점차 많아지고 있다. 〈불량가족〉(2006, 극본 이희명, 한은경)은 교통사고로 가족을 모두 잃고 충격으로 실어증과 기억상실증에 걸린 초등학생 아이를 위해 가족대행 서비스 업체 직원들이 가족 역할을 하면서 생기는 에피소드를 다룬다. 아이를 위해 부상을 대신 당하고 아이의 소원을 들어주기 위해 딸을 잃은 트라우마에도 불구하고 노래자랑 무대에 나가 노래하는 등 진짜 가족처럼 아이를 대하는 직원들 덕분에 아이는 점차 증세가 호전되기 시작한다. 방영 당시 '가짜 가족의 진짜 가족애'를 따뜻하게 그려낸 작품으로 큰 호평을 얻었다.

일본드라마 〈마루모의 규칙〉(2011)은 친구의 죽음으로 그의 쌍둥이 남매를 돌보게 된 미혼 남자의 이야기를 다룬다. 혼자 이란성 쌍둥이를 키우던 사사쿠라가 갑작스럽게 죽고 아이들은 고아가 된다. 친척들은 사정상 두 아이를 함께 키울 수 없다며 한 명씩 따로 데려가 키우겠다고 하는데, 이때 사사쿠라의 친구인 마모루는 아이들이 불쌍하다는 생각에 자신이 데려와 키우기 시작한다. 진짜 아버지는 아니지만 죽은 친구의 쌍둥이 남매를 친자식처럼 열심히 키우며 그들과 가족이 되어 함께 살아가는 한 남자의 모습이 따뜻하게 그려진다.

자식을 향한 아버지와 어머니의 사랑이 있다면 부모님을 향한 자식들의 사랑도 홈드라마에서 절대 빠질 수 없는 중요한 주제이다. 부성애와 모성애가 철없는 자식을 향한 부모님의 무한한 사랑을 그려낸다면 '효'는 그와 반대편의 입장에서 이야기가 시작된다. 늙고 고지식한, 그리고 가난한 부모와 소통이 불가하다고 생각한 자식들은 부모 곁을 떠나지만 나중에 부모님의 진심을 알게 되면서 다시금 서로를 이해하고 가족애를 확인한다.

〈황금빛 내 인생〉(2017, 극본 소현경)의 아버지 서태수는 가족을 위해 열심히 노력해왔지만 사업이 망한 후 힘들었던 일들만 가장의 책임으로 치부하는 가족들에게 실망한다. 특히 딸 지안이 가난한 가족을 버리고 재벌 집으로 떠나면서 이제까지 후회한 적 없던 자신의 삶을 뒤돌아본다. 가족을 위해 살아왔던 그동안의 삶이 허망했다는 걸 깨달은 그는 "이것은 가족이 아니다"라며 "나 이제 이 집 가장 졸업이야. 이젠 다 각자 알아서 살아"라고 '가장 졸업'을 선언한다.

시간이 지나 딸 지안은 재벌 집에서 쫓겨나고 그동안 자신이 어떻게 살아왔는가를 반성한다. 그동안 그녀는 무능력한 부모를 부끄러워했고 모두 가난한 부모의 탓으로 돌렸다. 하지만 지금 초라한 자신의 모습이 모두 자신의 선택 때문이었다는 걸 깨달은 그녀는 부모님에게 죄송함과 감사함을 느낀다.

홈드라마에서는 부모와 자식의 갈등이 심각하고 가족의 해체 위기가 심화될수록 부성애와 모성애, 그리고 효를 포함한 가족애는 더욱 감동적으로 그려진다. 〈엄마가 뿔났다〉(2008)에서 가족들을 위해 희생하던 엄마가 안식년을 요구하며 '휴업 선언'을 한다면 〈황금빛 내 인생〉(2017)은 가족들을 위해 헌신한 아빠가 '가장 졸업 선언'을 하며 가족의 위기를 보여준다. 더 나아가 〈가족끼리 왜 이래〉(2015)에서는 자식들에게 '불효소송'을 한 아버지가 등장하여 가족 해체의 정점을 찍는다.

〈가족끼리 왜 이래〉(2015, 극본 강은경)의 아버지 차봉순에게는 3남매가 있다. 첫째 차강심은 뛰어난 업무능력을 자랑하는 중견 기업 회장 비서실장이고 둘째 차강재는 뛰어난 의술로 인정받는 유능한 외과 의사이다. 셋째 차달봉은 백수이지만 뛰어난 음식 솜씨를 가지고 있다. 남들 보기에는 자랑스러운 자식들이지만 차봉순의 자식들은 아버지의 재산에만 관심을 보일 뿐 어머니의 제사에는 참석조차 하지 않는다. 3남매가 제사 준비를 도운 고모에게 막말 하는 모습을 목격한 아버지는 자식들을 상대로 불효소송을 결심한다. 평소 자녀들을 끔찍이 사랑했던 아버지가 자신들에게 소송을 걸자 자식들은 배신감을 느끼고 부모자식 간의 연을 끊으려 한다.

하지만 나중에 아버지가 암에 걸려 죽음을 앞두고 있다는 사실을 알게 된 자식들은 아버지의 진심을 알고 지난 삶을 반성한다. 아버지가 불효소송을 벌이게 된 건 자식들이 미워서가 아니라 죽기 전에 그들에게 올바르게 사는 법을 가르치기 위해서였다. 아버지의 불효소송은 가족을 지키기 위한 뜨거운 가족애의 표현이었던 것이다.

10.

홈드라마와 막장드라마 사이

　홈드라마는 가족 간의 갈등이나 오해, 가족 구성원의 결혼으로 발생할 수 있는 모든 사건을 소재로 사용한다. 남편이나 아내의 외도, 자녀의 반대결혼 등 가족 구성원의 신변에 변화가 일어남으로써 극심한 가족 갈등을 겪기도 하고 당대 시대상과 맞물려 아버지가 실직을 한다거나 형제자매가 사고로 목숨을 잃음으로써 가족 해체의 위기에 직면하기도 한다. 홈드라마는 다양한 스펙트럼의 가족 구성원들이 인생의 희로애락을 겪으며 살아가는 이야기를 일상적인 가족의 풍경을 통해 해학적으로 그려냄으로써 가족의 형성과 해체, 삶의 보편성과 특수성을 하나의 연결된 이야기로 보여준다.

　홈드라마는 인생의 가장 극적인 순간을 가족이라는 틀 안에서 가장 일상적인 모습으로 그려낸다. 그런 까닭에 일상성과 극성, 둘 중 어느 쪽에 비중을 두느냐에 따라 극의 전개가 많이 달라진다. 둘 사이의 균형이 서사적 길항작용을 통해 잘 유지되면 삶에 대한 진한 감동이 묻어나는 따뜻한 홈드라마가 되지만, 그 균형이 깨지면서 지나치게 극성으로 기울게 되면 드라마는 자극적이고 선정적인, 소위 '막장코드'로 가득 차게 된다.

〈금 나와라 뚝딱〉(2013, 극본 하청옥)은 국내 최대 보석 브랜드 사주를 아버지로 둔 배다른 세 형제의 권력암투를 그린 홈드라마다. 첫째 아들은 어린 시절 생모가 바람이 나 쫓겨나는 바람에 새 어머니와 배다른 형제 사이에서 힘겹게 살아간다. 둘째는 형을 제치고 아버지의 후계자 자리를 차지하기 위해 호시탐탐 기회를 노린다. 사고뭉치 막내는 신혼여행에 내연녀를 데리고 갈 정도로 철없는 안하무인이다. '가족 내 처첩 갈등' '외도' '내연녀' 등 〈금 나와라 뚝딱〉은 등장인물 소개만으로도 많은 막장코드가 등장한다.

〈왔다! 장보리〉(2014)는 신분이 바뀐 두 여자와 그들의 어머니의 이야기를 그린 홈드라마다. 최고의 한복집 비슬채를 배경으로 침선장 자리를 물려받기 위한 권력암투 이야기로 시작한다. 경선에서 이기기 위해 인화는 상대방의 옷을 숨기던 중 교통사고로 딸 은비를 잃어버린다. 그때 빚에 쫓겨 야반도주하던 혜옥이 그 아이를 차로 치고 자신의 위치가 발각될까 두려운 마음에 아이를 데려와 딸 민정과 함께 키운다. 그렇게 은비는 자신의 이름을 보리로 알고 자라난다. 훗날 민정은 보리의 그림을 베껴 낸 그림으로 공모전에서 대상을 받고 자신을 고아로 속여 비슬채의 후원을 받는다. 그리고 양딸이 되어 보리의 친부모님들과 함께 산다. 민정은 보리가 그들의 친딸이라는 걸 알게 되지만 그 진실을 끝끝내 밝히지 않는다.

극의 초반부에 '사기' '교통사고' '기억상실' '도주' '출생의 비밀' 등 막장코드가 다양하게 포진되어 있을 뿐만 아니라 신분이 뒤바뀐 채 살아가는 두 여자의 이야기가 후반부에 펼쳐지면서 막장코드는 더욱 본격화된다. 주인공 보리를 제외한 대부분의 등장인물들은 자신의 삶을 지키기 위해 수단과 방법을 가리지 않는다. 옛 연인에게 살인 누명을 씌우기도 하고 남편이 아내의 차에 위치추적기를 달기도 하고 딸이 양어머니를 협박하기도 한다. 이처럼 〈왔다! 장보리〉는 개연성 있는 이야기 전개를 위한 필수적인 서사요소를 생략한 채 위기와 절정이 반복되는 가학적 갈등구조를 가진다.

소위 '막장드라마'라고 불리는, 이런 류의 드라마들은 작위적인 설정, 과도한 선정성, 비윤리적인 가족관계 등 막장코드로 많은 비판을 받았다. 하지만 '욕하면서 보는 드라마'라는 평가와 함께 높은 시청률을 기록하였다. 2014년 10월 12일 52부작으로 막을 내린 〈왔다! 장보리〉는 최고 시청률 37.3%로 극중 악역을 맡은 배우 이유리가 '연민정 신드롬'을 불러일으키며 큰 이슈를 모았다. 2013년 9월 22일 50부작으로 종영한 〈금 나와라 뚝딱〉 역시 최고 시청률 22.7%로 동시간대 시청률 1위로 많은 사랑을 받았다.

대중과 평단의 혹독한 평가가 있음에도 불구하고 높은 시청률 덕분에 막장코드를 다루는 드라마는 홈드라마의 세부 장르로서 점차 특성화되었으며 막장코드를 자기만의 스타일로 소화해내는 드라마 작가도 등장하였다.

따뜻한 가족애를 확인하는 기존 홈드라마의 일반적인 서사와 달리, 문영남 작가는 불륜과 불효에 따른 가족 해체의 과정과, 그것을 대하는 태도로서 화해가 아닌 복수를 코믹하게 그려낸다.[9] 드라마에는 불륜, 폭력, 출생의 비밀 등 다양한 막장코드가 복합적으로 뒤섞여서 등장하는데 막장코드가 사건보다는 '인물'로 재현되는 경향이 강하다. 허세가 심하고 철없는 인물이 주로 등장하고 그런 인물을 통해 막장코드는 하나의 삶으로 캐릭터화되어 인생의 희로애락을 담아내는 서사적 장치로 작동한다.

〈왕가네 식구들〉의 허세달은 백수로 지내다 호텔에 취직하면서 호텔 대표와 불륜관계를 갖는데, 아내에게 불륜을 들킨 이후에도 이게 다 일이라면서 대표와 단풍놀이에 가서 먹을 도시락을 아내에게 쌀 것을 뻔뻔하게 요구한다. 그랬던 그가 나중에는 회사 대표와 헤어지고 거지 생활을 하다가 집안일을 할 것을 전제로 집에 들어와 아내의 눈치를 보며 살게 된다. 그의 불륜과 뻔뻔스러운 태도 때문에 시청자들은 불쾌하고 불편한 마음이 드는 한편 말끝마다 "미리미리 미쳐~버리겠네!"를 내뱉는 우스꽝스러운 행동과 희화화된 최후 덕분에 그의 악행을 진지하기보다는 가벼운 웃음거리로 취급한다. 대표작으로 〈왕가네 식구들〉(2013), 〈폼나게 살거야〉(2011), 〈수상한 삼형제〉(2009), 〈조강지처 클럽〉(2008) 등이 있다.

문영남 작가가 희극적인 인물을 통해 삶의 비극을 풍자적으로 드러내는 작품을 집필한다면, 김순옥 작가는 권모술

수로 악랄한 범죄를 일삼는 인물들을 중심으로 그들의 악행과 몰락을 흥미진진하게 그려낸다. 주인공은 대개 착하고 늘 옳은 일을 하는 인물이지만 주인공을 둘러싼 조연들은 자신의 욕망과 성공을 위해서 살인, 협박, 사기 등 수단과 방법을 가리지 않는 악인으로 등장한다. 막장코드는 그런 악인들이 악행을 저지르는 과정에서 활용된다. 하지만 극 후반부에 그들의 악행이 탄로 나면서 드라마는 권선징악으로 결말을 맺는다. 대표작으로 〈언니는 살아있다〉(2017), 〈내 딸, 금사월〉(2015), 〈왔다! 장보리〉(2014), 〈아내의 유혹〉(2008) 등이 있다.

인물 중심의 막장코드를 활용하는 앞의 두 작가와 달리, 임성한 작가는 '사건' 중심의 막장코드를 즐겨 사용한다. 정확히 말하면 인물의 행동이지만 인물의 캐릭터에서 비롯된 것이라기보다는 독립된 하나의 사건으로서 스토리의 개연성과는 무관하다. 진실을 알게 된 등장인물이 갑자기 심장마비로 죽는다거나 눈에서 초록빛 레이저가 쏟아져 나온다거나 한 드라마 내에서 12명의 등장인물이 연달아 죽는다거나 하는 등의 '사건'이 급작스럽게 발생한다.

또한 임성한 작가는 일반적인 막장코드 대신 자기 스타일의 막장코드를 개발하여 사용하는 경향이 강하다. 언니가 어머니의 복수를 위해 이복동생의 약혼자를 뺏는다거나 딸이 아버지에게 뺨을 맞고 새엄마의 뺨을 때린다거나 생모가 자신이 버린 딸의 행복을 위해 의붓아들과 결혼을 시키려고 한다거나 아버지가 귀신에 빙의해 투시능력을 발휘한다거나 암에 걸린 남자가 "암세포도 생명"이라며 항암치료를 포기하거나…… 이와 같은 전례 없던 파격적인 막장코드는 막장드라마에 이미 익숙해진 시청자들의 예상을 훌쩍 뛰어넘어 시청자들의 몰입을 유도한다.

일반적으로 막장코드는 극적 효과를 높이기 위해 비윤리적인 악행이나 불치병과 같은 신파적 요소를 넣는 것을 의미한다. 인생의 희로애락을 그려내되 그것의 진폭을 크게 하여 극의 긴장도를 높이는 것이다. 그런 까닭에 막장드라마는 시청자로 하여금 답답함과 분노를 유발시켜 해피엔딩을 기대하는 마음으로 드라마를 계속 시청하도록 유도한다. 하지만 임성한 작가의 드라마는 예측할 수 없는 서사전개에 대한 궁금증과 호기심이 시청률의 견인차 역할을 한다. 대표작으로 〈압구정 백야〉(2014), 〈오로라 공주〉(2013), 〈신기생

떤〉(2011), 〈하늘이시여〉(2005), 〈인어아가씨〉(2002), 〈보고 또
보고〉(1998) 등이 있다.

11.
아름다운 불륜은 존재하는가

혼외관계, 출생의 비밀, 이복남매의 사랑, 갑작스런 불치병 등 막장코드를 다루는 드라마는 시청자들의 시선을 끄는 자극적인 스토리 전개로 '욕하면서 보는 드라마'라고 불린다. 하지만 막장코드를 사용한다고 해서 꼭 막장드라마가 되는 것은 아니다. 막장코드에도 불구하고 웰메이드 드라마로 평가받는 작품들이 있다. 막장코드를 지나치게 남발하면 작위적인 설정 때문에 전개가 부자연스러워지지만 사용하기에 따라서는 막장코드가 이야기 전개를 더욱 흥미롭게 만들기도 하고 드라마의 기획의도를 전달하는 데 큰 역할을 담당하기도 한다. 막장코드 자체보다는 그것을 소재로서 활용하는 방법론이 중요한 것이다.

드라마에서 가장 대표적인 막장코드는 혼외관계 즉, 불륜이다. 불륜은 막장드라마에서 빠지지 않고 등장하는 소재로 출생의 비밀, 이복남매의 사랑 등 다른 막장코드와 연결된다.

불륜은 가장 오래된 이야기인 신화에서 자주 활용된 소재이기도 하다. 올림푸스의 왕 제우스는 아내를 두고 수많은 여자들과 부적절한 관계를 맺는다. 그로 인해 가정의 여신 헤라는 질투의 화신으로 불리게 된다. 이렇듯 그리스 로마 신화의 많은 이야기들은 제우스의 외도와 헤라의 복수에 대한 여러 버전을 담고 있다. 최고의 영웅 헤라클레스가 겪은 시련들도 제우스의 사생아로서 헤라의 미움을 샀기 때문이다. 신화는 오랫동안 사람들의 마음을 얻은 이야기이다. 불륜을 단순히 막장코드로 치부해버리기에는 이야기의 역사가 아주 깊다고 할 수 있다.

한국드라마에서 사랑의 완성은 곧 결혼이라는 암묵적인 룰이 있다. 사랑에 빠진 많은 연인들이 결혼하기 위해 집안의 반대를 극복하고 불치병을 이겨내고 삼각관계에 놓인 라이벌을 물리친다. 즉, 멜로드라마의 끝은 홈드라마의 시작이다. 두 장르의 드라마는 스토리의 앞과 뒤를 담당하면서 로맨스가 가족애로 확장되는 과정을 보여준다. 그런 의미에서 홈드라마는 기본적으로 멜로적 요소가 전제되어 있다. 불륜은 홈드라마의 '결혼'과 멜로드라마의 '사랑'의 접점 즉, '결혼 속 사랑'에 관한 이야기이다.

〈애인〉(1996, 극본 최연지)은 기존 드라마들이 답습하던 가족 위기로서의 '불륜'이 아니라 가정을 가진 평범한 30대 남녀의 개인적인 사랑과 감정의 표현에 초점을 맞췄다는 점에서 차별적이라는 평가를 받았다. 하지만 아내의 임신으로 남자가 집으로 돌아가고 남편의 검찰조사로 여자가 남편의 곁에 머물기로 결정함으로써 불륜은 결혼생활 중 한때의 일탈로 그려졌다.

그동안 불륜을 다룬 드라마들은 낭만적 사랑을 표방하면서도 남편 혹은 아내 등 가족 구성원으로서 소속감을 강요하고 회개와 용서를 통한 가족의 복원이라는 도식적 결말로 이어졌다. 이는 불륜을 개인의 문제가 아니라 사회의 규범과 가치를 거스르고 가족을 해체시키는 위험요인으로 바라보았기 때문이다.

특히 불륜은 남성보단 여성에게 더욱 혹독한 윤리적 잣대를 들이댔다. 남자가 혼외관계로 자식을 데리고 오면 극중 '출생의 비밀' 코드로 활용됨으로써 도덕적 평가가 생략되었으며, 남자가 사회적으로 성공하였을 경우에는 당사자가 아닌 그 아들에 초점이 맞춰져 '재벌 서자' 코드로 사용되면서 불륜의 피해자로서 연민과 동정을 받았다.

반면 남편의 불륜 행위에 대한 여성의 입장은 아내 혹은 엄마의 이름으로 일방적인 수용을 강요받는 경우가 많았다. 또한 불륜을 저지른 남편에게 화를 내기보다는 상대 내연녀에게 모욕을 주는 아내의 모습이 주로 그려졌으며 불륜 관계에 있는 여자에게만 사회적 비난이 쏟아지고 평생 주홍글씨가 새겨져 고된 삶을 살게 된다는 식의 이야기가 펼쳐졌다. 이처럼 그동안 불륜을 다룬 드라마들은 한국사회가 절대적 가치로 여기는 가족과 모성의 신화를 옹호하고 가부장제 이데올로기를 지지하는 관습과 규범을 재현하는 경향이 강했다.

최근 들어 드라마에서 불륜을 다루는 방식이 많이 달라지고 있다. 노년 인구의 증가로 이혼과 사별이 증가하고 그로 인해 재혼가정이 많이 늘어났다. 더불어 1인 가구와 비혼 인구가 증가하면서 인생의 통과의례로서 결혼에 대한 신성함보다는 개인의 삶에 집중하는 경향이 강해졌다. 그리고 여러 논란 끝에 2015년 간통죄가 폐지되었다.[10] 그동안 간통죄는 서로 간의 배우자가 존재하는 상황에서 다른 이성과의 성적 결합으로 이루어지는 것이었으나, 결혼과 성에 관한 국민의 의식이 변화되고 성적 자기결정권을 보다 중요시하는 인식이 확산됨에 따라 국민의 성적 자기결정권 및 사생활의 비밀과 자유를 침해하는 것으로서 헌법재판소에서 위헌 결정이 내려졌다. 이로 인해 최근 드라마 속 불륜은 성적 자기결정권에 대한 권리행사로서 집단성에 포섭되지 않는 개인성의 발현이라는 시각에서 그려지고 있다.

특히 여성 인권 향상과 더불어 간통죄 폐지는 가족제도 아래 가부장적 권위에 억압받는 결혼제도에 대한 문제제기적 성격을 가진다. 더 이상 가족을 위해 헌신하고 인내하는 현모양처는 여성의 바람직한 롤모델이 아니며 이제 가족 안에서 딸, 아내, 어머니로서의 역할을 했던 여성은 성적 욕망을 가진 '주체적 개인'으로서 존재하는 것이다. 이러한 사회적 변화에 따라 드라마 속 여성의 불륜은 결혼생활의 일탈이 아니라 진정한 사랑을 찾기 위한 과정으로 그려진다.

〈밀회〉(2014)는 40세의 가정이 있는 커리어 우먼 혜원과 피아노에 천재적 재능을 가진 스무 살 청년 선재의 사랑을 다룬 작품으로 흥행과 작품성에서 큰 성공을 거두었다. 불륜을 다룬 기존의 드라마들이 보여주었던 장르적 재현 관습과 규범에 도전하는 코드 파괴를 보여주는데 무엇보다 여성에게 '주체적 욕망'을 부여한다는 점에서 주목할 만하다. 선재에 대한 혜원의 사랑은 자신의 청춘과 잃어버린 꿈에 대한 욕망으로 투사되며 이를 실현해나가는 과정이 성장서사와 유사하게 진행된다. 불륜에 대한 죄책감보다는 자아실현 과정에서의 내적 갈등이 서사의 근간을 이룬다.

드라마 속 혜원의 가정은 선재와 만나기 전부터 비정상적으로 설정되어 있다. 고급 주택가에 위치한 혜원의 이층집은 서한문화재단의 소유로 그곳에서 혜원과 남편 준형은 스킨십은커녕 일상적이고 사적인 대화조차 나누지 않는다. 그들은 아내와 남편이 아닌 서한문화재단에서 일하는 실장과 재단이 소유한 대학의 교수로서 존재한다. 그들 사이에는 자녀가 없다. 혜원과 준형을 가족으로 연결해줄 수 있는 정서적 연대감은 집 어디에서도 존재하지 않으며 그들은 단지 법적 부부로서 함께 거주하는 동거인일 뿐이다.

반면 허름한 식당 2층에 있는 선재의 단칸방은 혜원이 힘들 때마다 쉴 수 있는 안식처로 기능한다. 그곳에서 혜원은 선재와 함께 밥을 먹고 다정하게 이야기를 나눈다. "불을 켜고 하마터면 울 뻔했어. 이게 집이지. 집이란 이런 거지."라는 혜원의 대사는 가부장제가 은폐해왔던 사랑과 신뢰가 전제되지 않은 결혼과 가족제도에 대한 의문을 제기한다.[11] 이렇듯 〈밀회〉는 가부장제 이데올로기와 결탁해 여성의 욕망에 대한 처벌이나 가족의 복원이라는 도식적인 결말 관습에 균열을 일으킨다. 여주인공 혜원은 사랑을 쟁취할 뿐 아니라 그 사랑을 통해 잃어버린 자아와 삶의 가치를 회복한다.

그동안 불륜을 다룬 홈드라마에서는 불륜에 의해 상처받은 가족들의 모습과 그들이 힘겹게 다시 가족애를 회복하는 과정을 다루기 위해 불륜의 행위를 과잉된 섹슈얼리티를 통해 자극적이고 선정적으로 재현하였다. 하지만 불륜에 대한 시각이 달라지면서 불륜을 재현하는 방식에도 변화가 일어나고 있다.

첫째, 불륜을 가족이라는 집단의 문제가 아니라 여자 혹은 남자 즉, 개인의 문제로 치환하여 그들의 삶과 사랑에 대한 이야기로 그려낸다. 이때 이야기의 중심은 불륜 '행위'에서 불륜에 이르게 되는 '과정'으로 옮겨간다. 배우자가 있으면서도 왜 다른 이성에게 마음이 끌리는가에 대한 심리와 감정묘사가 중요하다. 이때 불륜은 가족 해체의 원인이 아니라 비정상적인 결혼생활을 깨닫게 되는 계기로 작동한다.

〈공항 가는 길〉(2016, 극본 이숙연) 속 두 주인공은 아내와 남편, 그리고 자식이 있지만 서로 사랑에 빠진다. 여자 주인공 최수아는 겉보기에는 능력 좋은 남편과 행복하게 사는 미모의 승무원이다. 하지만 그녀의 남편은 군 출신의 항공사 기장으로 그녀를 아랫사람 부리듯 함부로 대한다. 게다가 그녀의 절친한 친구와 바람까지 피운다. 남자 주인공 서도우도 상황이 별반 다르지 않다. 미혼모로 아이까지 있는 지금의 아내와 주변의 반대를 무릅쓰고 결혼했지만 학예사인 그녀는 자신의 성공을 위해 남편과 아이를 죄책감 없이 이용할 만큼 이기적이다.

드라마 속 두 주인공은 제 기능을 하지 못하고 오히려 그들을 불행하게 만드는 가족과 집을 떠나 서로에게 위안을 얻는다. 그들에게 불륜은 자신의 삶을 온전히 살고자 하는 강렬한 의지인 동시에 뒤늦게 찾아온 진정한 사랑이다.

〈바보 같은 사랑〉(2000, 극본 노희경)은 남편에게 매 맞는 아내와 아내에게 구박당하는 남자가 서로를 동정하고 이해하게 되면서 사랑의 감정을 느낀다는 내용의 드라마다. 불륜이 아닐지라도 언젠가는 끝날 수밖에 없는 허무한 그들의 결혼 생활은 시청자들로 하여금 그들의 외로움에 공감하고 그들의 사랑을 응원하게 만든다.

둘째, 불륜을 다루되 불륜이 아닌 불륜에 의해 파생된 이야기에 주목한다. 불륜을 다룬 일반적인 드라마들은 스토리 전개에 있어 '혼외관계의 시작'부터 '혼외관계의 진행과 발각'과 '이혼 위기'를 지나 '가정으로 회귀'까지 4단계를 거친다.[12] 그중 혼외관계의 진행에서 과도한 선정성이 부각되는 경우가 많으며 이로 인해 불륜 소재 드라마들이 자극적이고 비윤리적인 막장드라마라는 오명을 얻는다.

하지만 〈따뜻한 말 한마디〉(2013, 극본 하명희)는 극 전개에 있어 스토리의 순서를 바꿈으로써 불륜을 다룬 여타 드라마들과는 차별된 이야기를 그려낸다. 드라마는 혼외관계가 발각된 다음부터 이야기가 시작된다. 두 남녀 주인공이 사랑에 빠지게 된 과정이 극이 진행되는 중간에 삽입되지만 극의 중심은 두 사람의 관계가 끝난 시점이다. 드라마는 불륜 자체가 아닌 불륜 이후 삶을 바라보는 그들의 달라진 시각을 찬

찬히 그려낸다.

〈따뜻한 말 한마디〉가 불륜 이후의 이야기를 그린다면 〈이번 주 아내가 바람을 핍니다〉(2016, 극본 이남규 외 2명)는 불륜 이전의 이야기를 그린다는 점에서 구별된다. 〈이번 주 아내가 바람을 핍니다〉에는 아내의 휴대폰에서 이상한 문자를 발견하고 그 뒤로 아내가 바람을 피울까 봐 전전긍긍하는 남편이 등장한다. 그는 아내를 계속 의심하고 심지어 미행까지 하는데 그 과정에서 자신이 살아온 날들에 대해 깊이 생각하게 된다.

불륜을 재현하는 새로운 방식에 있어 첫 번째가 이미 파괴된 가정을 배경으로 불륜을 개인성의 회복과 행복에 대한 추구로서 그려낸다면, 두 번째는 서사구조에 변화를 줌으로써 불륜을 삶에 대해 성찰하는 계기로 그려낸다. 앞의 두 방식이 불륜을 바라보는 시각에 대한 내용적인 변화라면, 마지막 세 번째는 드라마의 메시지를 효과적으로 전달하는 서사장치로서 불륜을 그려내는 방법론적인 변화를 의미한다.

영국드라마 〈블랙 미러〉(2011) 중 시즌 1은 인간과 돼지의 섹스라는 파격적인 소재를 다룬다. 영국 공주의 납치 실황이 트위터와 유튜브를 통해 중계되고 납치범은 수상이 오후 4시 정각에 생중계로 돼지와 수간(獸姦)할 것을 요구한다. 이에 대한 언론과 사람들의 반응이 시시각각 펼쳐지는데, 처음에는 경악하지만 나중에는 공주를 구하기 위해 수상이 납치범의 요구를 들어줘야 한다는 것으로 수렴된다. 결국 수상은 돼지와의 수간을 결심한다.

〈블랙 미러〉는 혼외관계의 일종인 돼지와의 섹스를 다루고 있지만 그것을 재현하는 데 집중하지 않는다. 돼지와 섹스하는 수상의 모습은 영상으로 보여주지 않는다. 다만 그것을 보고 있는 사람들의 얼굴을 카메라가 비출 뿐이다. 드라마는 시간이 흐름에 따라 언론과 사람들의 반응이 어떻게 달라지고 그러한 여론이 개인의 삶에 어떤 영향을 끼치는지 사실적으로 보여줌으로써 급격한 기술의 발달이 현대사회에 가져올 결과에 대해 주목하게 한다.

판타지드라마와 환상성

12.
판타지는 이미 우리 안에 있다

드라마는 현실을 반영한다. 하지만 그 이야기는 현실의 것이 아니다. 텔레비전이라는 대중매체를 통해 방영되는 드라마는 대중의 기호와 욕망을 간과할 수 없다. 결국 드라마는 현실을 기반으로 하되 현실에는 없는, 그래서 대중들이 보고 싶어 하고 듣고 싶어 하는 것, 그러니까 대중들이 원하는 것을 보여준다. 그런 의미에서 모든 드라마는 판타지다.

여기에서 중요한 것은 드라마의 환상성이 현실에는 없는, '결핍'에서 출발한다는 점이다. 무언가 원하는 것이 있다는 것, 그것은 아직 우리에게 없다는 것을 의미한다. 그런 의미에서 환상은 지금 우리가 가지지 못한 것을 의미한다. 즉, 환상은 우리 안의 결핍이다.

최고 시청률 29.9%라는 놀라운 기록을 세운 〈별에서 온 그

대〉(2013, 극본 박지은)는 중국에서 〈대장금〉(2003, 극본 김영현)
의 뒤를 이어 선풍적인 인기를 끌었다. "눈 오는 날엔 치맥이
딱인데."라는 여자 주인공의 대사 한 줄에 중국 대륙에 치맥
열풍이 불기도 하였다. 〈별에서 온 그대〉의 방영 판권은 아
시아권을 넘어 전 세계로 확대되면서 많은 사랑을 받고 있는
중이다. 이 드라마의 인기 요인은 과연 무엇일까. 〈별에서 온
그대〉의 중심서사는 외계인 남자와 지구인 여자의 사랑 이
야기다. 이 드라마의 공식 홈페이지에 등록된 프로그램 소개
글을 보면 다음과 같다.

바로 옆집에 누가 살고 있는지 모르고 고독사가 한줄 뉴스
거리도 안 되는 이 서글픈 시대에... 또 모를 일 아닌가? 나의
옆집에도 어느 사랑스러운 외계인이 살고 있을지? 그와 기
적과도 같은 달콤한 로맨스를 만들어 갈 수 있을지? 말이다.

〈별에서 온 그대〉의 로맨스는 멜로드라마의 '달콤한 로맨
스'가 아니다. "기적과도 같은 달콤한 로맨스", 즉 현실에서
는 존재하기 어려운 기적과도 같은 비현실적인 로맨스다. 한
국에서 방영되는 드라마에서 가장 많이 나오는 직업군이 있

다면 바로 '재벌'이다. 정확히는 재벌 2세 혹은 3세. 남자 주인공의 경제력은 자신이 사랑하는 여자를 지켜주는 순정의 척도로 묘사되곤 한다. 하지만 재벌 2세도 할 수 없는 것을 해내는 남자가 있었으니 그가 바로 〈별에서 온 그대〉의 도민준이다. 그는 평범한 사람이 아니기에 사랑하는 여자 천송이를 구하기 위해 순간이동을 할 수도 있고 초인적인 힘으로 그녀를 괴롭히는 사람들을 번쩍 들어올리기도 한다. 옆집에 사는 그녀의 혼잣말을 듣고 알콩달콩 사랑놀이를 하는 초능력자의 모습은 판타지로맨스의 절정을 보여준다.

〈별에서 온 그대〉의 도민준 캐릭터는 누구나 꿈꾸는 '특별한 사랑'의 전형이다. 신자유주의 시대에 가장 막강한 권력을 행사하는 재벌 2세도 해내지 못하는 일을 그는 가볍게 해낸다. 더욱이 그는 그 힘을 사랑하는 한 여자를 지키기 위해서만 사용한다. 하지만 우리는 그런 사랑과 그런 사람이 현실에서는 존재하지 않다는 것을 알고 있다. 그럼에도 우리는 절망하지 않는다. 왜냐하면 도민준은 지구인이 아니기 때문이다. 그는 '외계인'이다.

비현실성과 환상성은 같은 뿌리에서 나온 것이지만 엄연히 다르다. 비현실성이 현실에는 존재하지 않는다는 사실에 방점을 찍고 있다면, 환상성은 그것에서 더 나아가 현실에 존재했으면 좋겠다는 욕망에 주목한다. '어쩌면 내가 이러한 특별한 사랑을 하게 될지도 몰라' 혹은 '이런 사랑을 하고 싶어'라는 대중의 욕망이 실제로는 존재하지 않는 도민준이란 외계인 캐릭터를 창조해내고 있는 것이다. 이것이 바로 〈별에서 온 그대〉가 재현해내고 있는 판타지다.

대중들이 원하는 환상에는 어떤 것이 있을까. 우리 안의 결핍을 따라가다 보면 우리는 엄청난 스펙트럼의 판타지를 발견하게 된다. 〈너의 목소리가 들려〉(2013)는 사람들의 생각이 들리는 초능력을 가진 남자와 국선변호사인 여자가 만나 사건을 해결하는 과정을 담고 있다. 이 드라마의 소개 글은 다음과 같다.

착하고 가난한 사람이 행복해지는 것보다 낙타가 바늘귀에 들어가는 게 쉬운 세상이다. 때문에 우리는 세상 어디쯤에 살고 있는 그런 영웅을 만나기를 꿈꾸는 건 아닐지. (중략) 이 이야기는 억울하고 가난한 사람들에게 행복을 찾아주는 영웅을 만날 수 있는 21세기의 동화다.

"억울하고 가난한 사람들에게 행복을 찾아"주고 싶다는 대중의 욕망이 초능력을 가진 영웅이라는 환상을 만들어낸 것이다. 물론 이러한 환상에는 대중들이 느끼고 있는 엄청난 좌절감이 내재되어 있다. '초능력' 혹은 '영웅' 없이는 착하고 가난한 사람들이 행복해지기 어려울 것이라는 자조적 희망인 것이다. 하지만 불가능한 일이라고 생각할수록 그런 일이 가능해지길 바라는 마음, 그것이 바로 대중들이 판타지드라마를 보며 느끼는 '공감'의 지점이다.

하지만 그러한 모순은 대중들의 마음속에서는 아무런 문제가 되지 않는다. 사람들은 평소에 자신이 원했던 세상을 상상해왔고 그 세계와 오랫동안 정서적 친밀감을 형성해왔다. 비현실성은 그 세계가 구축되는 것을 방해하는 요소가 아니라 그것에 대한 욕구를 증폭시키는 자극제로서 작동한다. '비현실성'에 대한 인지와 '환상성'에 대한 욕망은 비례관계를 형성하고 결국엔 비현실성이 판타지의 필수불가결한 요소로서 그 중요성을 인정받게 되는 것이다.

가진 게 없어 꿈이 많아진 이 시대의 평범한 사람들은 불가능한 로맨스를 가능하게 하고 불가능한 문제를 해결하는 것만으로는 더 이상 만족감을 느끼지 않는다. 그들은 드디어 신의 영역까지 손을 뻗친다. 판타지드라마에서 가장 많이 쓰이는 서사장치 중 하나는 '시간여행'이다. 대중들은 자신이 원하는 방향으로 시간의 흐름을 바꾸길 원한다. 미래로 가서 미래를 바꾸기도 하고 과거로 가서 과거를 바꾸기도 한다. 그들의 시간여행은 시간의 흐름에 역행함으로써 무언가 자신의 결핍을 채우기 위한 목적성을 가진다.

〈시그널〉(2016, 극본 김은희)은 과거로부터 걸려온 신호로 현재와 과거의 형사들이 함께 장기미제사건을 해결하는 이야기다. 드라마의 기획의도는 다음과 같다.

"제발 범인을 잡아주세요!" 시간이 지나도, 아픔은 치유되지 않는다... 죄도 사라지지 않는다. 1999년, 대구에서 누군가 7살 소년 김태완 군에게 황산을 뿌렸고, 온몸에 화상을 입은 김태완 군은 결국 49일 만에 사망했다. 하지만 끝내 범인은 잡지 못했고... 공소시효 15년이 지나자 태완이 부모님의 눈물겨운 호소에도 불구하고 결국 이 사건은 영구미제로 남게 되었다. (중략) "절대 포기하지 마세요. 과거는 바꿀 수 있습니다." 무전으로 연결된 과거와 현재. 과거 형사와 현재 형사, 그들의 간절함이 미제 사건을 해결한다. 이 드라마는 더 이상 상처받는 피해자 가족들이 있어서는 안 된다는 희망과 바람을 토대로 기획되었다. 완전 범죄는 결코 존재할 수 없으며, 죄에 대한 대가는 반드시 치러야 하는 법, 이제 우리는, 정의와 진실을 위해 그들의 시그널에 귀를 기울여야 할 때이다.

　"정의와 진실"이라는 두 단어는 〈시그널〉의 환상성이 지향하고 있는 지점을 명확하게 보여준다. 우리 안의 결핍이 사실은 우리의 문제가 아니라 사회의 문제에서 비롯된 것일 수도 있다는 생각. 〈시그널〉 속 환상성은 개인의 영역에 머물던 '우리 안의 결핍'을 사회의 영역으로 확장시킴으로써 현실 비판적 성격을 갖는다. 다시 말해, 〈시그널〉은 결핍을 해소하는 방법으로서의 전통적 판타지와 결핍의 근본적인 원인을 찾아가는 과정으로서의 새로운 판타지를 함께 보여주고 있는 것이다.

　세상에는 다양한 종류의 판타지가 있고 그만큼 다양한 종류의 결핍이 있다. 누군가와 사랑을 하고 싶다는 로맨틱한 상상부터 세상을 변화시키고 싶다는 현실 비판적 문제의식

까지 우리 안의 다양한 욕구들로부터 우리의 이야기는 시작
된다.

　판타지는 이미 우리 안에 있다.

13.
판타지드라마는 흥행에 성공한다?

 1990년대에는 10편, 2000년대에는 14편에 불과하던 판타지드라마의 방영 편수는 2010년부터 2017년 현재까지 59편으로 크게 증가했다. 최근 몇 년 사이에 높은 시청률을 기록했던 드라마의 목록을 작성해보면 판타지드라마의 인기를 쉽게 확인해볼 수 있다. 앞서 언급한 〈시그널〉 〈너의 목소리가 들려〉 〈별에서 온 그대〉를 비롯하여 왕세자 이각이 사랑하는 세자빈을 잃고 300년의 시간을 뛰어넘어 신하들과 함께 21세기의 서울로 날아와 전생에서 못다한 사랑을 이룬다는 내용의 〈옥탑방 왕세자〉(2012, 극본 이희명), 음탕한 처녀귀신이 빙의된 소심한 주방 보조와 자뻑 스타 쉐프와의 사랑 이야기를 다룬 〈오 나의 귀신님〉(2015, 극본 양희승, 양서윤), 인어를 모티프로 한 판타지로맨스드라마 〈푸른 바다의 전설〉(2016, 극본 박지은), 웹툰 주인공이 웹툰 속 세계와 현실 세계를 오고 가며 모험과 사랑을 경험하는 〈W〉(2016, 극본 송재정), 도깨비와 저승사자가 주인공으로 나와 인간 여자와 사랑을 나누는 〈도깨비〉(2016, 극본 김은숙), 선천적으로 엄청난 괴력을 타고난 여자 주인공의 정의감 넘치는 활약상을 그린 〈힘쎈여자 도봉순〉(2017, 극본 백미경) 등 최근 대중들의 사랑을 받았던 많은 드라마들이 다양한 종류의 환상성을 재현해 낸 판타지드라마였다.

한국 판타지드라마의 역사는 그리 길지 않다. 최초의 판타지드라마로 평가받는 작품은 1977년 방영된 〈전설의 고향〉이다. 이 드라마는 예로부터 전해져 내려오는 전설, 민담, 설화 등을 바탕으로 한 여름 시즌 납량특집 드라마다. 〈전설의 고향〉 중 구미호 편은 동아시아에서 구전되는 황금빛 털 9개 꼬리를 가진 여우에 관한 이야기로 인기가 많아 여러 차례 리메이크되었으며 영화로도 제작되었다.

동아시아 설화 중 한국 버전의 구미호는 인간이 되고 싶은 강한 소망을 품고 사는 반인반수로 형상화된다. 구미호는 아름다운 인간 여자로 둔갑하여 인간 남자와 사랑에 **빠져** 결혼을 하는데, 그 정체를 남편에게 들키지 않고 백 일을 같이 살면 진짜 인간이 될 수 있다. 하지만 결정적인 순간에 인간을 사랑하게 되거나 인간의 배신으로 그동안 쌓아온 모든 것을 포기하거나 잃는 등 비극적인 결말을 맞는다.

구미호가 등장하는 드라마와 영화의 경우 구미호 배역은 당대 유명한 여배우들이 맡았으며 그 점이 영화 혹은 드라마 홍보에 적극 활용되었다. 다시 말해 구미호 이야기의 인기는 여우와 인간 사이를 오가는 반인반수 캐릭터의 환상성이나 판타지 장르 자체에 대한 호감으로 해석하기는 어렵다. 오히려 남자를 유혹하는 매력적인 팜므파탈인 동시에 사랑하는 남자에게 버림받는 비련의 여주인공을 향한 대중적 관심이 구미호 이야기의 대중적 인기에 큰 역할을 했다고 볼 수 있다.

현대적 환상물의 효시로 평가받는 드라마 〈M〉(1994, 극본 이홍구)은 낙태라는 심각한 사회 문제를 육체가 박탈된 태아의 복수극이라는 비현실적 설정으로 풀어낸다. 평균 시청률 38.6%라는 높은 수치를 기록하며 세간의 화제가 되었지만 기본적인 스토리라인은 '혼의 복수'라는 측면에서 〈전설의 고향〉과 유사하다.[13] 당시 한국드라마에서 보기 힘든 특수효과를 보여주었지만 그것이 판타지 장르로서의 특징을 보여주기보다는 서사장치의 하나로서 작동했다.

90년대 중반까지 한국에서는 판타지드라마의 특징을 뚜 렷하게 보여주는 작품이 드물었던 반면에, 외국에서는 이미 60년대에 판타지드라마의 원형으로 평가받는 작품들이 등 장하기 시작하였다. 1963년 영국 BBC에서 방영된 〈닥터 후 (Doctor Who)〉는 세계에서 가장 성공한 SF드라마로 평가받고 있다. 이 드라마는 신비한 외계인 종족의 '닥터'가 영국의 경 찰 전화박스 모양의 타임머신 '타티스'를 타고 우주여행을 다니며 겪는 일을 다룬다. 극중 닥터는 1200살이 넘고 심장 이 2개라는 것을 제외하면 겉모습은 보통인간과 같다는 설 정으로 등장한다. 〈닥터 후〉는 기네스북에 등재된 세계에서 가장 오래 방영된 SF드라마 시리즈로, 2018년 시즌 11이 방 영 예정이며 '12대 닥터' 피터 카팔디가 활동 중이다.

1966년부터 방영된 미국 NBC의 〈스타 트렉(Star Trek)〉 또 한 대표적인 판타지드라마로 손꼽힌다. 집필기간만 6년이 걸린 이 드라마는 광활한 우주를 누비며 화려한 액션을 펼치 는 우주활극담으로 온갖 기묘한 외계생명체와 외계인들이 이질적인 풍광의 천체를 배경으로 등장한다. 2017년 미국 CBS TV를 통해 방송된 〈스타 트렉 : 디스커버리〉의 작가 크 레디트에 한국 이름이 포함되어 화제가 되기도 하였다.[14] 공동 작가 에리카 리폴드와 함께 한국 작가 김보연 씨가 메인 집필자로는 한국인 처음으로 이름을 올렸다.

1960년대부터 시간여행이나 우주탐사를 소재로 한 드라마를 방영해온 외국과 달리, 한국은 2000년대에 들어와서야 판타지드라마에 관심이 높아졌다. 과거 판타지드라마에 대한 무관심과 최근 한국에서 불고 있는 판타지드라마 열풍은 같은 맥락에서 해석이 가능하다. 두 가지 현상 모두 드라마의 생산과 소비를 둘러싼 내외적 환경과 관련이 깊기 때문이다.

판타지드라마는 현실의 논리와는 다른 환상적 인물, 환상적 상황, 또는 환상적 세계를 다루어야 한다. 이러한 비현실적인 설정을 그럴듯하게 재현하기 위해서는 무엇보다 먼저 텍스트 자체의 논리와 합리를 구축해야 한다. 그리고 이를 다시 시청각적으로 표현하기 위해 특수한 분장과 효과와 세트가 필요하다. 이러한 제작 환경을 갖추었을 때 비로소 판타지드라마의 생산과 소비가 가능해진다. 장르적 특성상 동시대를 화면에 옮기는 것에 비해 훨씬 수고로울 수밖에 없다.

앞서 언급한 〈전설의 고향〉 구미호 편의 리메이크 변천사를 살펴보면 한국 판타지드라마의 역사가 잘 드러난다. 70년대에는 하얀 소복, 백발 가발, 짙은 화장으로 고전적인 구미호를 표현했다. 90년대에는 실제 동물의 간을 먹으면서 실감 있는 구미호를 연출했다. 하지만 2000년대에는 할리우드에서 공수해온 수백만 원대 렌즈를 낀 구미호가 컴퓨터그래픽의 도움으로 훨씬 세련되고 섹시한 구미호로 변신하였다.

이렇듯 판타지드라마에서 가장 중요한 것은 환상의 영상화다. 비현실적 설정을 시청각적으로 재현하는 것이 무엇보다 큰 과제인 것이다. 한국의 최초 드라마는 1956년에 방영된 〈천국의 문〉이다. 이 드라마는 최상현·이낙훈 두 배우가 스튜디오에서 하는 연극을 촬영해 생방송으로 내보낸 것이다.[15] 시기적으로 본다면 미국에서 우주탐사를 다룬 판타지드라마 〈스타 트렉〉을 준비하는 동안 한국에서는 연극을 생방송으로 내보내는 형태의, 출연자가 두 명뿐인 15분 드라마를 방영한 것이다. 지금과 같이 녹화된 방송을 내보낼 준비도 안 된 열악한 상황이었다. 비슷한 시기에 방영되었던 한국과 외국의 드라마를 단순 비교하기는 어렵지만 당시 한국드라마 생산과 소비 상황이 어떠했는지를 보여준다는 점에서는 유의미하다고 할 수 있다.

당시 한국은 과학기술 발전의 낙후로 드라마 제작 환경 또한 시설이 제대로 갖추어 있지 않았다. 50년대의 한국은 전쟁을 경험하고 얼마 지나지 않았다. 전쟁의 폐허에서 과학기술 발전을 논하는 것 자체가 너무 성급하다고 할 수 있었다. 특히 그것이 전력, 석탄 등 기반산업의 시설 증강과 관련된 것이 아니라 국민들의 문화생활에 관련된 것이기에 더욱 그러했다.

드라마 제작 환경 못지않게 드라마 소비 환경 역시 판타지 드라마를 수용하기에는 너무 이른 감이 있었다. 당시 방영되었던 드라마를 살펴보면 과거 이야기를 각색하거나 당시 시대상을 사실적으로 드러내는 등 현실에 기반을 둔 내용이 대부분이었다. 한국 전쟁 이후 한국은 생존의 문제에서 벗어나는 데 짧지 않은 시간이 필요했다. 한국 근현대사의 역사는 인간의 삶에 큰 그늘을 안겨주었으며 현실에 압도된 상황에서 사람들이 허구의 판타지보다는 현실의 영역에서 고군분투하는 삶에 공감하는 것은 당연한 일이었다.

최근 판타지드라마 열풍에 대해 현실을 부정하는 현실 도피적 경향으로 해석하는 일련의 비평은 일부 타당하면서도 일부 불합리한 면을 가지고 있다. 한국 판타지드라마의 역사에 비추어보면 환상의 시작은 생존이 아닌 삶을 토대로 한다. 설사 그렇지 않을지라도 환상의 특성상 자기만의 세계를 구축하기 위해서는 정교한 논리와 질서가 그 안에 전제되어 있어야 한다. 결국 판타지드라마의 환상성은 현실 도피를 위한 일시적인 몽상이라기보다는 다른 사람이 가지 않는 길을 선택함으로써 얻게 되는 새로운 세계로 이해할 수 있다.

판타지는 우리 안의 결핍에서 탄생한, 보다 나은 '내일'이며 '세상'이다. 우리는 새롭게 창조된 '우리 자신'에게 공감하고 열광하고 있는 것이다.

14.
판타지드라마에는 꼭 이런 캐릭터가 있다

환상성은 현실에 존재하지 않는 비현실성을 전제로 한다. 이렇듯 새로움 혹은 낯섦은 환상의 필수불가결한 요소로 작동한다. 이때 새로움은 환상적인 세계로 발현되기도 하고, 환상적인 인간 혹은 시간 혹은 공간 등 전체의 일부에 비현실적인 요소가 틈입함으로써 발생되기도 한다. 환상성이 발현되는 요소는 크게 두 가지로 나눌 수 있다. 캐릭터와 시간.

첫째, 캐릭터는 인간, 초인간, 비인간, 반인간 등의 네 가지 항목으로 유형화할 수 있다.[16]
'인간'이 환상이 자신의 의지와 무관하게 외부에서 작용된 경우라면 '초인간'은 자신의 의지로 환상을 작동시킨 경우이다. 환상적 요소로서 '인간'은 외부에 의한 갑작스러운 신체 변화에 따라 환상성이 재현된다.

최고 시청률 35.2%를 기록한 〈시크릿 가든〉(2010)은 무술 감독을 꿈꾸는 스턴트우먼 길라임과 까칠한 백만장자 백화점 사장 김주원의 영혼이 바뀌는 판타지드라마다. 드라마 초반 두 사람은 너무 다른 성격 탓에 상대방에게 매력을 못 느끼지만 어느 날 요상한 약술을 마신 후 몸이 바뀌면서 상대방을 이해하고 그러다가 사랑에 빠진다.

〈돌아와요 순애씨〉(2006, 극본 최순식)는 40대 여자가 남편의 불륜녀였던 젊고 늘씬한 스튜디어스와 몸이 바뀌면서 남편과 그의 애인에게 통쾌하게 복수하는 이야기다. 같은 작가가 집필한 〈울랄라 부부〉(2012)는 호텔 총지배인을 꿈꾸는 객실 지배인 남편과 남편만 바라보며 살던 아내의 영혼이 바뀌면서 이야기가 전개된다. 남편의 외도가 발각되는 순간 부부의 영혼이 바뀌는데, 전생의 못 다한 인연으로 현세에 부부가 되어 만난 두 사람이 남편의 외도로 이혼하게 된 상황을 안타깝게 바라본 월하노인이 두 사람의 영혼을 체인지한 것이다. 건장한 체격의 남편은 아줌마 방언을 쏟아내고 가녀린 아줌마였던 아내의 몸에서는 걸걸한 목소리가 나온다.

일본드라마 〈아빠와 딸의 7일간〉(2007)은 사춘기에 접어든 딸과 업무에 치여 딸과 소원해진 샐러리맨 아빠가 지진으로 몸이 바뀌면서 가족애를 되찾는다는 내용이다. 감동적인 스토리로 최고 시청률 16.7%를 기록하며 큰 인기를 끌었다. 영혼 체인지를 모티프로 한 일본영화 〈너의 이름은〉(2016) 역시 많은 사랑을 받았다. 도쿄에 사는 소년 '타키'와 시골에 사는 소녀 '미츠하'가 천 년 만에 오는 혜성으로 몸이 바뀌면서 절대 만날 리 없는 두 소년 소녀가 서로를 만나러 간다는 이야기다.

　　외부에 의해 환상성을 부여받은 '인간'과 달리, '초인간'은 자기 안에 '환상성'을 가지고 있다. 그들의 환상은 주로 초능력으로 재현되는데, 타인의 마음을 읽는다거나 귀신들과 대화할 수 있는 등 보통인간이 할 수 없는 것들이다.

　　〈힘쎈여자 도봉순〉(2017)은 선천적으로 괴력을 가진 여자 도봉순의 이야기다. 도봉순 모계 혈통의 괴력을 기록한 책 '역량기'에 따르면 임진왜란 당시 행주산성에서 돌로 왜군을 때려잡은 박개분이 괴력의 시조이다. 박개분의 괴력은 반드시 의로운 일에만 사용해야 하는 특징이 있는데 만약 이를 어길 시에는 괴력이 사라지고 병에 걸린다. 도봉순은 어려서부터 괴력을 숨기고 살았지만 남자 주인공 안민혁과의 만남을 계기로 자신의 괴력을 이용해 일상 속의 사소한 정의 구현에 앞장선다.

〈냄새를 보는 소녀〉(2015, 극본 이희명)는 냄새가 눈으로 보이는 초감각 목격자와 어떤 감각도 느낄 수 없는 무감각 형사가 연쇄살인범을 추격하는 미스터리서스펜스드라마다. 주인공 윤새아가 부모를 죽인 범인을 찾아가는 이야기와 일상에서 일어나는 사건들을 해결하는 이야기 등 두 개 서사축으로 진행된다. 문제해결 과정에서 윤새아의 초능력이 중요한 역할을 담당한다.

〈주군의 태양〉(2013, 극본 홍정은, 홍미란)은 인색하고 욕심 많은 유아독존 사장과 음침하고 눈물 많은 귀신 보는 여직원이 무섭지만 슬픈 사연을 지닌 영혼들을 함께 위령한다는 내용을 담고 있다. 여자 주인공 태공실은 죽을 뻔한 사고를 당한 뒤 귀신을 볼 수 있게 되었는데 다른 사람들은 보지 못하는 것을 본다는 이유로 외롭고 힘든 시기를 보냈다. 하지만 남자 주인공 주중원을 만나면서 둘 사이에는 묘한 기류가 흐르기 시작한다.

〈미래를 보는 소년〉(2010)은 EBS에서 방영된 어린이과학드라마로, 타임머신을 개발하는 과학자 할아버지의 연구실을 몰래 들여다보다 섬광을 맞아 정신을 잃은 후 약 12시간 전후의 미래를 볼 수 있게 된 소년 김밀의 이야기다. 주인공 밀은 자신이 본 미래의 장면들을 조합해서 사건현장을 찾아가 미래에 일어날 위험천만한 사건을 막기 위해 고군분투한다.

앞에서 언급한 '인간'과 '초인간'이 인간의 정체성을 가지되 환상 작동의 의지(능력)에 따라 서로 다른 두 요소로 구분된다면, '비인간'의 경우에는 인간의 정체성을 처음부터 가지지 않은 경우에 해당된다. 설사 사람의 외양을 갖고 있더라도 인간이 아니라면 '비인간'에 속한다고 할 수 있다.

20세기 폭스사가 제작한 〈X파일〉은 외계인을 모티프로 한 대표적인 미국드라마로, 1994년 10월 30일 첫 방송을 방영했으며 2018년 현재 시즌 11이 방송 종료했다. FBI 요원들이 미스터리한 사건을 추적해가는 것이 중심 내용으로, 특히 사건 파일넘버 X로 시작하는 외계인을 위시한 각종 음모와 초자연현상을 겪는다. 외계인의 침략이 임박한 상황에서의 미국 정부의 음모와 이를 파헤치려는 멀더와 스컬리의 활약, 그리고 방해하는 자들 간의 대립으로 구성돼 있다.

스티븐 스필버그가 제작에 참여해 화제가 되었던 미국드라마 〈폴링 스카이〉(2011)는 외계 침공에 맞선 인류의 생존전쟁을 그리고 있다. 배경은 외계인이 지구를 침공한 6개월 후 황폐해진 미국 매사추세츠 주다. 가족과 친지를 잃은 사람들이 모여 자신을 지켜줄 군인들과 함께 생존을 위해 싸운다는 것이 중심 내용이다. 2015년 현재 시즌 5가 종영되었다.

2011년 미국 ABC에서 방영된 〈V〉는 1984년 방영된 〈V〉를 리메이크한 드라마로 전 세계 주요 대도시에 갑자기 외계의 방문자들인 브이가 등장하면서 벌어지는 이야기를 다룬다. 인간과 쏙 빼닮은 외계인들이 지구를 식민지화하고 물을 비롯한 지구의 자원을 빼앗아가는 악행을 저지르다가 결국엔 이에 저항하는 인간들에게 패배한다는 내용이다.

위와 같이 인간과의 유사성과는 별개로 인간과 외계인이 대립구도를 형성하는 류의 드라마도 있는 반면, 현실 세계를 배경으로 인간과 동일한 외양의 외계인이 등장하여 인간과 로맨스를 만들거나 또는 정서적 연대를 형성하는 과정을 다루는 류의 드라마가 있으며 최근 들어 그 수가 점점 증가하고 있다.

〈별에서 온 그대〉(2013)는 톱스타 여배우와 외계인의 사랑 이야기로 남자 주인공 역할의 도민준은 1609년 9월 25일 조선 땅에 떨어진 외계인이다. 404년 동안 지구에 처음 왔을 때와 똑같이 젊고 아름다운 모습 그대로 살고 있는 그는, 매의 시력과 늑대의 청력을 가지고 있을 뿐만 아니라 놀라운 속도로 이동할 수 있고 순간순간 누군가의 가까운 미래에 일어날 일을 볼 수도 있다.

2012년 미국 ABC에서 방영된 〈우리 동네 외계인〉은 지구인 주민인 위버 가족과 그들의 외계인 이웃들이 한동네에 살면서 벌어지는 여러 가지 유쾌한 해프닝들 속에서 서로를 이해하고 배워나가는 이야기를 그린 드라마다. 외계인 부부의 아들 레지 잭슨과 지구인 부부의 딸 애비 위버 사이에 러브라인이 형성되기도 한다.

'비인간'이 '인간'의 대척점에서 '인간적인' 면모가 모두 배제된 상태를 의미한다면 '반인간'은 '인간'과 '비인간'의 사이에서 양쪽의 특성을 모두 가진 경우에 해당된다. 가령, 인간과 여우 사이를 자유롭게 오가는 구미호와 죽어서도 산 사람의 곁을 떠나지 못하고 혼이 된 귀신, 인간의 육체로 불멸의 삶을 살게 된 뱀파이어와 인간으로서 생명력을 잃은 좀비가 그 사례에 해당된다.

〈내 여자친구는 구미호〉(2010, 극본 홍미란, 홍정은)는 철없는 학생 차대웅이 인간이 되길 원하는 구미호를 만나면서 벌어지는 이야기를 담고 있다. 이 드라마는 최고 시청률 22.8%를 기록하면서 구미호를 기반으로 콘텐츠화한 작품 중 가장 대중적으로 성과를 거둔 작품으로 평가받는다. 이 드라마 속 구미호는 기존의 구미호들과 달리 매우 천진난만한 모습을 보여주는데, 그러한 천진난만함은 우유부단하며 겁이 많은 남자 주인공 차대웅의 성격과 어우러지면서 같이 성장하는 동반자 캐릭터의 모습을 보인다.

　애니메이션 〈천년여우 여우비〉(2007, 감독 이성강) 역시 기존에 재현된 부정적 이미지의 구미호와 달리 인간의 공존과 조력자로서의 역할을 강조한다. 애니메이션에서 구미호 캐릭터인 여우비는 아직 꼬리가 다섯 개밖에 안 되는 미성숙한 모습이다. 소녀 여우비는 인간과 교류를 통해 한층 성장하고 그들과 더불어 살아가기를 희망한다. 애니메이션 속 구미호는 인간을 자신의 욕망을 충족시키기 위한 대상으로 보지 않고 그들과 동등한 친구가 됨으로써 그들을 위해 자신을 포기하는 숭고한 행위를 보여준다. 그러한 희생은 구미호를 인간으로 환생하게 한다.

이와 같이 2000년대 영상매체 속 구미호는 공포의 대상이자 비극적인 사랑의 대상으로 여겨지던 전통적인 구미호 이미지에서 벗어나 친근하고 현대적 이미지의 캐릭터로 재창조되어 이야기의 흥미를 증폭시키는 역할을 담당한다.

반인반수 캐릭터 중 동양에 구미호가 있다면 서양에는 늑대인간이 있다.

〈틴 울프〉(2011)는 1985년 제작된 동명 영화를 리메이크한 작품으로 어느 날 갑자기 늑대인간이 되어버린 후 우정과 사랑을 지키며 스스로 살아남기 위해 애쓰는 평범한 고등학생의 이야기다. 주인공 스콧은 마을에 일어난 살인사건을 몰래 구경 갔다가 알 수 없는 동물의 습격을 받고 늑대인간의 특별한 능력을 얻는다. 시도 때도 없이 늑대인간의 힘이 불끈 솟아올라 곤란한 상황에 처하면서 그는 다시 사람이 되기 위해 해결책을 찾기 시작한다. 2017년 현재 시즌 6이 종영했다.

〈헴록 그로브〉(2013)는 브라이언 맥그리비의 동명 소설을 드라마화한 작품으로 펜실베이니아의 가상 마을 헴록 그로브가 배경인 공포스릴러드라마이다. 극단적인 빈부격차를 보이는 이 마을에서 소녀들을 대상으로 한 연쇄살인이 일어나고, 지역 유지 가문의 상속자 로만과 새로 이사 온 친구 피터가 마을에서 일어나는 이상한 사건들의 진실과 비밀을 함께 파헤친다. 늑대인간과 뱀파이어가 절친한 친구로 등장한다. 2015년 시즌 3이 종영했다.

구미호와 늑대인간 외에 '반인간'의 대표적인 캐릭터로는 뱀파이어가 있다. 뱀파이어는 서양 문화권에서 시작되었지만 문화 장벽 없이 많은 사랑을 받고 있다. 인간의 모습으로 피를 마시며 사는 불멸의 존재 뱀파이어는 삶과 죽음, 욕망과 금욕의 경계를 넘나들며 문학, 영화, 드라마 등 다양한 장르에서 매력적인 캐릭터로 오랜 사랑을 받고 있다.

〈뱀파이어 해결사〉(1997)는 뱀파이어가 등장하는 대표적인 미국드라마로 틴에이저 뱀파이어 슬레이어인 버피가 뱀파이어 무리를 퇴치하는 내용이다. 시즌 7로 2003년 종영되었다. 〈엔젤〉(1999)은 〈뱀파이어 해결사〉에 서브 주연으로 출연했던 꽃미남 뱀파이어 '엔젤'이 단독 주연을 맡은 드라마로 버피와의 이루지 못한 사랑을 뒤로 하고 LA로 건너온 그의 이야기가 펼쳐진다. 영혼을 가진 따뜻한 뱀파이어 '엔젤'이 수퍼내추럴한 현상을 전문으로 수사하는 탐정사무소를 운영하며 자신의 능력을 이용해 사람들을 돕는 내용이 담겨 있다. 2004년에 시즌 5로 종영했다.

2000년을 경계로 뱀파이어 형상화 방식에 변화가 있음을 감지할 수 있다. 2000년 이전에는 뱀파이어가 공포의 존재 혹은 '악'의 상징으로서 인간과 대립 구도로 그려졌으나 이후에는 인간과 정서적 연대감을 형성하며 로맨스로 발전하는 등 동반자적 이미지가 강해지기 시작한다.

〈오렌지 마멀레이드〉(2015, 극본 문소산)는 인기 웹툰을 원작으로 뱀파이어와 인간이 함께 공존하는 세상을 배경으로 한 감성 판타지로맨스드라마다. 인물 설정을 고등학생으로 하여 서로 다른 존재들의 순수한 사랑 이야기에 초점을 맞추었다. 〈블러드〉(2015, 극본 박재범)는 불치병 환자들을 치료하고 생명의 존귀함과 정의를 위해 고군분투하는 한 뱀파이어 외과 의사의 히어로 스토리다.

이국적인 캐릭터라고 여겨지던 뱀파이어는 어느덧 한국 사극에서도 볼 수 있는 친숙한 존재가 되었다. 〈밤을 걷는 선비〉(2015, 극본 장현주, 류용재)는 조선시대 선비가 뱀파이어라는 설정으로 시작하여 이야기를 전개해나간다. 사람을 죽이려는 흡혈귀와 이를 막으려는 수호귀의 대결, 그리고 목숨을 담보로 한 비밀스럽고도 위험천만한 흡혈귀와 인간의 로맨스를 담고 있다.

뱀파이어 외에도 '반인간' 캐릭터에는 죽음으로 육체를 잃은 귀신과 바이러스로 영혼을 잃은 좀비가 있다.

〈전설의 고향〉에서 주로 등장했던 '귀신'은 2000년대에 들어 공포와 한을 버리고 귀엽고 사랑스러운 여자로 재탄생한다. 〈싸우자 귀신아〉(2016, 극본 이대일)는 귀신을 볼 수 있는 주인공과 주인공이 만난 여자 귀신이 한 집에 동거하며 겪는 에피소드를 담고 있다. 남자 주인공 사람은 여자 주인공 귀신과 함께 생활하면서 둘 사이에는 미묘한 감정이 싹트기 시작한다. 〈오 나의 귀신님〉(2016)은 의문의 사고로 처녀 귀신이 된 신순애의 영혼이 빙의된 여자 사람 나봉선의 미스터리 로맨스를 다룬 드라마다. 뻔뻔하고 당돌하게 남자에게 들이대는 신순애와 수줍음 많고 소심한 나봉선, 반대 성향의 두 캐릭터가 번갈아 등장하며 남자 주인공과 사랑을 키워나간다.

〈워킹 데드〉(2010)는 좀비를 모티프로 한 대표적인 미국드라마이다. 알 수 없는 바이러스로 죽은 자들이 다시 살아나 산 사람들을 공격하는 세상에서 살아남기 위해 사투를 벌이는 사람들의 이야기를 다룬다. 2018년 시즌 9가 방영 예정이다.

〈아이 좀비〉(2015)는 어느 날 갑자기 좀비가 된 전도유망한 의과 레지던트 리브가 생존을 위해 검시소에 취직해 신원미상 시체들의 뇌를 먹으며 살아간다는 내용을 담고 있다. 주인공은 자신이 먹은 뇌 주인의 성격과 능력을 갖게 되는데, 뇌 주인의 기억들이 단편적으로 공유되기도 한다. 이러한 특성들을 활용해 주인공은 경찰서 형사를 도와 여러 사건을 해결해나간다. 2019년 시즌 5가 방영 예정이다.

영화 〈웜 바디스〉(2012)는 폐허가 된 공항에서 다른 좀비들과 무기력하게 살아가고 있던 좀비 'R'이 우연히 아름다운 소녀 줄리를 만나면서 차갑게 식어있던 심장이 다시 뛰기 시작한 이후의 이야기를 담고 있다. 그는 줄리를 헤치려는 좀비들로부터 그녀를 지키기 위해 고군분투하고 그녀는 좀비를 죽이려는 인간들로부터 R을 지키기 위해 노력한다. 그러면서 둘 사이에는 애틋한 감정이 싹트기 시작한다.

좀비의 경우에도 초반에는 다른 '반인간' 캐릭터와 유사하게 인간과는 다른 '타자'로서 묘사되었으나 최근에는 인간과 더불어 살아가는 '동반자'로 재현되는 경향이 강하다. '반인간' 캐릭터로 등장하지만 점차 '인간적인' 면모가 강화되어 가는 것이다.

  시청자들의 마음을 사로잡는 판타지드라마의 '초인간'이 지닌 능력과 '인간'이 경험한 판타지가 '인간의 한계'를 비추는 거울로 존재한다면, 판타지드라마에 등장하는 '반인간'과 '비인간' 캐릭터는 '비(非)인간화' 되어가는 시대상을 되비추는 또 하나의 거울이 되어 '인간이란 무엇인가'를 묻는다. 결국 판타지드라마는 인간의 결핍에서 비롯된 '초인간'에의 욕망에서 출발하지만 '비인간'과 '반인간'의 인간성을 극대화시킴으로써 비인간화 시대에서의 '인간적인' 삶에 대한 깊은 성찰을 사유케 한다. 이로써 판타지드라마의 장르적 아이러니는 삶의 영역으로 환원된다.

15.
판타지드라마 하면 역시 시간여행!

둘째, 시간은 타임리프(Time Leap), 타임슬립(Time Slip), 타임루프(Time Loop), 타임워프(Time Warp) 등의 네 가지 항목으로 유형화할 수 있다. 과거에서 현재로, 현재에서 미래로 흐르는 직선적 시간관에서 벗어난다는 점에서 모두 '시간여행'에 속한다. 그러나 인물의 의지에 따라 시간이동을 자발적으로 하는 경우에는 '타임리프', 의지와 무관하게 시간이동을 하는 경우에는 '타임슬립'으로 구분할 수 있다.

'타임리프'를 모티프로 하는 〈내일 그대와〉(2017, 극본 허성혜)는 미래에 자신과 자신이 사랑하는 여자가 죽게 된다는 것을 알게 된 시간여행자가 시간여행을 통해 미래를 바꾸려고 노력하는 내용을 담고 있다. 〈미래의 선택〉(2013, 극본 홍진아)은 보다 나은 나 자신을 위해 미래의 내가 찾아와 어드바이스를 해주고 다른 운명을 개척할 수 있도록 새로운 선택의 방향을 제시해주는 내용이다.

앞에 언급한 두 작품처럼 타임리프 드라마 속 주인공들은 과거와 미래를 오가며 좋은 미래를 만들기 위해 혹은 최악의 경우를 막기 위해 열심히 노력한다. 하지만 주인공의 노력을 배신하듯 상황은 더 안 좋은 쪽으로 흘러가기도 한다.

〈나인: 아홉 번의 시간여행〉(2013)은 주인공 박선우가 20년 전 과거로 돌아갈 수 있는 신비의 향 9개를 얻게 되면서 펼쳐지는 이야기를 다룬 타임리프 드라마다. 선우는 향을 이용해 자신이 원하는 대로 과거를 계속 바꾸려고 노력하는데, 자신의 의지와 다르게 변하는 과거를 목격하고 나서 갈등한다. 드라마에서 시간여행을 할 수 있게 해주는 '향'은 '선악과'로 자주 언급된다. "자신만이 세상을 바꿀 수 있다는 오만이 수많은 영웅들을 패배로 이끌었다는 것을 인류 역사가 증명한다. 역사는 결국 한 개인의 힘으로 바뀌지 않는다." 〈나인〉 8회의 대사는 드라마의 메시지를 대변한다.

자발적으로 시간여행을 하는 타임리프와 달리, '타임슬립'은 자신의 의지와 무관하게 시간여행을 하게 되어 곤란한 상황을 겪게 되는 내용이 중심서사를 이룬다. 〈천년지애〉(2003, 극본 김기호, 이선미)는 1000년 후 미래로 뚝 떨어진 부여의 마지막 공주가 시공을 뛰어넘는 사랑을 하는 이야기다. 현대문물에 서툰 주인공이 곤란한 상황에 처할 때마다 내뱉는 "나는 남부여의 공주 부여주다"란 대사가 화제를 모았다. 〈옥탑방 왕세자〉(2012)는 조선시대 세자 이각이 사랑하는 세자빈을 잃고 신하들과 함께 현대로 날아와 전생에서 못다한 사랑을 이룬다는 내용의 드라마다. 주인공 왕세자는 상투를 틀고 사극 말투를 사용하였는데 한글을 모른다는 설정으로 등장해 웃음을 자아내었다.

자신의 의지와는 상관없이 시간이동을 하게 되었지만 타임슬립 드라마는 대체로 해피엔딩으로 끝나는 경우가 많다. 이는 시간여행을 통해 과거를 되돌아보거나 현재 자신을 성찰할 수 있는 계기가 주어지기 때문이다. 〈고백부부〉(2017, 극본 권혜주)는 서로 너무나 익숙해진 부부가 이혼한 뒤 20대로 돌아간다는 내용의 타임슬립 드라마다. 부부는 항상 "너 때문에 내 인생이 망가졌어. 너 때문에 너무 불행해. 너 만나기 전으로 다 되돌리고 싶다"고 말했지만 20대로 돌아가 다시 선택할 기회가 주어졌을 때 결국은 또다시 서로를 사랑하게 된다는 이야기를 담고 있다.

'타임루프'는 의도치 않은 시간의 반복과 순환을 의미한다. 인물의 자의에 의해 시간여행을 하지 않는다는 점에서 타임슬립과 동일하지만 인물의 미련 혹은 간절한 소망에 대한 외부의 응답으로서 시간여행이 이루어진다는 점에서는 차이가 있다.

〈신의 선물-14일〉(2014, 극본 최란)은 주인공 수현이 14일 후 자신의 딸이 살해된다는 것을 알게 되면서 일어나는 일을 다룬 스릴러드라마다. 방송작가 수현은 자신이 집필하는 강력범죄자 공개수배 프로그램 방송 중 딸아이가 유괴 당했다는 것을 알게 된다. 수현은 딸을 찾기 위해 애쓰지만 딸은 결국 살해된 시신으로 발견된다. 실의에 빠진 수현은 자살을 기도하지만 전직 형사 기동찬에 의해 구해지고 두 사람은 14일 전으로 돌아가 있음을 알게 된다. 그때부터 샛별을 구하기 위한 두 사람의 고군분투가 시작된다.

타임루프는 인간의 의지 혹은 능력 대신, 인간의 간절함으로 시간여행이 가능해진다는 설정이기 때문에 중심사건은 대개 비극적이며 중심인물은 슬픔과 절망에 가득 차 있기 마련이다. 하지만 일정 시간의 반복과 순환은 그 설정 자체만으로도 극적 긴장감을 높여주는 역할을 하기도 한다.

영화 〈7번째 내가 죽던 날〉(2017)은 친구들과 차를 타고 귀가하던 중 교통사고를 당해 정신을 잃은 주인공이 다시 눈을 떴을 때 어제와 같은 오늘이 계속 펼쳐진다는 내용을 담고 있다. 몇 번이고 되풀이되는 하루 속에서 주인공은 무슨 수를 써도 내일은 오지 않는다는 사실을 알고 좌절한다.

'타임워프'는 과거와 미래의 일이 현재에 혼재된 상태로 나타나는 시간 왜곡을 의미한다.

〈시그널〉(2016)은 무전을 통한 타임워프 개념을 스릴러 수사물과 결합한 장르물로 현재의 형사들과 과거의 형사가 낡은 무전기로 교감을 나누며 장기미제사건을 해결해나간다는 내용이다. 화성 연쇄살인사건, 개구리 소년 실종사건, 이형호군 유괴사건 같은 현실의 미제사건을 중심 에피소드로 등장시켜 현실에서 해소되지 못한 답답한 이야기를 타임워프를 통해 해결함으로써 카타르시스를 느끼게 한다.

〈시그널〉에 '무전기'가 있다면 〈터널〉에는 '터널'이 있다. 〈터널〉(2017, 극본 이은미)은 1986년에서 2016년으로 오게 된 형사의 이야기를 다룬다. 연쇄살인범을 잡기 위해 사건현장인 터널을 살피던 형사 박광호는 누군가가 휘두른 둔기에 맞아 기절한다. 잠시 후 깨어나 터널을 빠져나와 경찰서로 돌아오지만 시계는 자신이 살던 1986년이 아니라 2016년 미래를 가리키고 있다. 범인을 잡으면 사랑하는 아내가 있는 1986년으로 돌아갈 수 있다는 믿음으로 그는 사건을 수사하기 시작한다. 그리고 그 곁에는 2016년 현재 강력계 형사 김선재가 있다. 드라마에서 1986년과 2016년의 시간은 동시에 흘러간다.

서로 다른 두 개의 시간이 함께 흘러간다는 설정은 범죄수사물에서 유용하게 사용된다. 이는 범죄 발생과 범죄 해결이라는 두 개의 서사로 구성된 장르의 특성과 잘 어우러지기 때문이다. 하지만 이와 같은 특징은 로맨스서사에서 사랑의 엇갈림을 드러내는 좋은 장치가 되기도 한다.

〈인현왕후의 남자〉(2012, 극본 송재정, 김윤주)는 타임워프를 모티프로 한 로맨틱코미디드라마로 조선시대에서 300년 후의 현대로 오게 된 선비가 날라리 여배우와 만나면서 벌어지는 에피소드를 담고 있다. 인현왕후의 복귀를 위해 시간여행을 하게 된 선비 김붕도와 드라마에서 인현왕후 역을 맡은 무명배우 최희진은 시대가 다른 삶을 살면서 서로 애틋한 사랑을 나눈다.

캐릭터와 시간 외에도 판타지드라마는 유다른 공간 설정을 통해 극의 환상성을 부여할 수 있다. 환상의 공간적 형상화 정도에 따라 이계(異界)와 외계(外界)로 유형화할 수 있다. '이계'는 현실세계와 유사하지만 또 다른 가공의 세계이고 '외계'는 현실세계와 유사성이 없는, 또 다른 미지의 세계다.

'이계'의 대표적인 작품으로는 미국 CBS에서 방영된 드라마 〈언더 더 돔〉(2013)이 있다. 이 드라마는 스티븐 킹의 동명 소설이 원작인 작품으로, 어느 날 갑자기 정체불명의 투명한 돔에 둘러싸여 바깥세상과 단절된 작은 마을에서 일어나는 생존투쟁과 권력암투에 대한 이야기다. 여느 마을과 다를 것 없던 작은 마을이 돔에 의해 고립되면서 이제까지 상상할 수 없었던 일들이 벌어지기 시작한다. 2015년 시즌 3이 종영했다.

현실세계와는 전혀 다른 모습의 '외계'를 배경으로 하는 드라마로는 판타지드라마의 효시인 〈스타 트렉〉이 있다. 드라마 속 가상세계에서는 인간 외에 벌칸, 클링온, 로뮬란 등의 다양한 외계 종족이 등장하며 가상의 다양한 문화와 기술이 소개된다.

환상적 공간이 등장하는 한국 판타지드라마는 아직 희소한 편이다. 판타지드라마의 특성상 비현실성의 시청각적 재현에 있어 과학기술의 부담이 있을 뿐 아니라 가상세계를 구축하기 위한 보다 치밀한 구성이 요구되기 때문이다. 이로 인해 시간여행이라는 판타지 설정을 활용할 경우에도 등장인물은 미래로 이동하기보다는 과거로 가는 경향이 있다. 불과 이삼십 년 전의 가까운 과거 또는 사극의 주요 무대가 되는 조선시대로 이동함으로써 시간이동에 따른 시공간 재현의 어려움을 해소하는 것이다.

범죄수사드라마와 시즌제 제작

16.

〈수사반장〉에서 〈터널〉까지 선과 악의 연대기

장르란 등장인물의 유형, 서사구조, 메시지에 대해 유사한 특징을 공유함으로써 특정 정체성을 가진 예술의 세부 갈래를 의미한다. 이에 TV드라마는 멜로드라마, 가족드라마, 판타지드라마, 역사드라마, 범죄수사드라마, 학교드라마, 전원드라마 등 십여 개의 장르로 분류된다. 하지만 일반적으로 한국에서 '장르드라마' 혹은 '장르물'은 '범죄수사'라는 특정 장르를 가리키는 경향이 강하다.

2000년대 초반 '미드 폐인'을 양성했던 미국드라마는 명확한 장르 정체성을 기반으로 마니아층을 형성하였다. 〈CSI〉〈24〉〈프리즌 브레이크〉 등 한국에서 인기를 모았던 '미드'의 대표적인 작품들은 대부분 범죄수사 장르였다. 당시 한국드라마는 학교에서 공부하다가 혹은 레스토랑에서 요리를 하다가, 심지어 범죄현장에서 사건을 수사하다가도 사랑에 빠지는 등 장르와 무관하게 러브라인이 삽입되었다. 모든 장르의 로맨스화로 인해 장르 구분이 무의미했다. 그런 까닭에 한국 시청자들에게 '장르물'은 미드 시청 경험을 토대로 '범죄수사드라마'라는 인식이 강했다. 더불어 범죄수사 장르에 대한 강력한 팬덤이 생겨났다.

2000년대 한국 콘텐츠 플랫폼에 큰 변화가 있었다. 케이블TV와 위성방송, IPTV 등을 포함한 종합편성채널 덕분에 시청자의 채널 선택권이 다양해진 것이다. 더욱이 요즘은 미국 본방송 이후 한국에서 시청하는 데 걸리는 시간 즉, 홀드백이 짧아지면서 거의 실시간으로 미국드라마를 시청할 수 있다. 새로운 미디어 플랫폼에 따른 소비방식의 변화는 특정 장르에 대한 대중의 수요와 맞물려 콘텐츠 생산에도 큰 변화를 불러왔다. 불특정 다수를 대상으로 하는 프로그램을 지양하고 특정 시청자층을 겨냥한 마니아 콘텐츠를 제작 및 방영하게 된 것이다.

〈처용〉〈나쁜 녀석들〉〈38 사기동대〉〈보이스〉〈터널〉〈구해줘〉……

1995년 영화 전문으로 시작한 케이블 채널 OCN은 최근 범죄수사드라마를 연달아 히트시키며 '장르드라마 전문 채널'이라는 호평과 함께 본격적인 범죄수사드라마의 시대를 열었다.[17] 특정 시청자층을 공략한 편성 전략은 국민 일반을 대상으로 하는 지상파 방송사보다 특정 시청자층에 집중하는 케이블 채널에 더욱 적합하였다.

〈터널〉(2017)은 1980년대 화양시 연쇄살인사건을 수사하던 박광호 형사가 1986년에서 2016년으로 시간이동을 해 다시 연쇄살인범죄와 마주한다는 설정으로 최고 시청률 6.5%를 기록했다. 지상파와 종편에 비해 채널 인지도가 낮은 OCN으로서는 역대 최고 기록이었다. 〈보이스〉(2017, 극본 마진원)는 범죄현장의 골든타임을 사수하는 112 신고센터 대원들의 치열한 기록을 그린 드라마로 북남미 지역은 물론 프랑스, 벨기에, 스위스, 룩셈부르크, 모나코 등 유럽 지역과 싱가포르, 대만, 말레이시아, 인도네시아, 필리핀, 미얀마 등 동남아 지역에 판권이 판매되면서 한류드라마 열풍을 선도했다.

범죄수사드라마는 범인을 발견·확보하고 증거를 수집·보전하는 수사기관의 활동을 극적으로 풀어낸 장르이다. 한국은 외국과 달리 사설탐정이 존재하지 않기 때문에 모든 수사

행위는 공무집행의 일환으로 묘사된다. 한국 범죄수사드라마의 원형으로 평가받는 〈수사반장〉은 경찰수사관들이 범죄를 해결하는 활약상을 그린 드라마로 1971년부터 1989년까지 총 880부가 방영되었다.[18] 시경, 치안본부, 수사과에서 소재를 제공받았으며 실제 수사기록이 시놉시스에 그대로 반영되었다.

낡은 바바리코트를 걸쳐 입은 박 반장은 〈수사반장〉의 상징적인 인물이다. 박 반장은 범죄자들을 검거하면서도 가난 등의 이유로 범행을 저지른 그들의 안타까운 사연을 들으면 눈물을 흘렸다. 그가 사용하던 손수건은 '죄는 미워하되 죄인은 미워하지 않는' 한국적 정서와 맞물려 따뜻한 아버지 캐릭터를 부각시켰다. 또한 "빌딩이 높을수록 그림자는 길어진다"와 같은 대사는 70, 80년대 산업화로 인한 극심한 빈부격차에 일반 사람들이 느꼈을 상대적 박탈감과 상실감을 대변하면서 시청자들의 마음에 긴 여운을 남겼다.

〈수사반장〉은 실제 사건을 토대로 현실감 있는 이야기와 경찰관들의 휴머니즘이 잘 조화되어 20년이란 오랜 방영 기간 동안 많은 인기를 얻었다. 드라마에 출연한 주요 경찰관 배역의 배우들은 경찰 이미지를 향상시킨 공로를 인정받아

전원 명예경찰관이 되었다. 그중 수사반장 역의 최불암은 명예경정으로 임관되었고 이후 2012년에 명예총경으로 진급했다.

2017년 제 72주년 경찰의 날, 〈수사반장〉의 박 반장은 모습을 다시 드러냈다. 배우 마동석의 명예경찰 위촉식에 축하 인사를 건네기 위해서였다. 배우 마동석은 영화와 드라마를 넘나들며 다양한 작품에서 형사 역을 맡았으며 특히 2017년 영화 〈범죄도시〉에서 마석도 강력반 형사로 열연을 펼쳤다. 영화 〈범죄도시〉는 중국 하얼빈에서 넘어온 신흥 범죄조직 두목 장첸과 그 일당을 일망타진하는 강력반 괴물 형사 마석도의 이야기로, 극중 마석도는 강렬한 액션을 선보이며 중국 조직폭력배들을 손쉽게 제압한다.

배우의 명예경찰 위촉은 범죄수사 장르에서 재현되는 경찰의 정의감 넘치는 모습에 기인한다. 장르의 특성상 범죄수사물 주인공은 악의 세계를 처단하고 질서와 평화를 되찾아 정의로운 사회를 실현하는 역할을 담당한다. 그 악은 무고한 시민을 죽인 묻지마살해범일 수도 있고 연약한 여자를 유린한 연쇄강간범일 수도 있다. 그리고 권력욕에 눈이 먼 사이코패스 국회의원일 수도 있다. 범죄의 유형에 상관없이 악을 처단하고 정의를 구현한다는 점에서 범죄수사물 주인공은 사회질서와 법을 수호하는 '정의의 사도'로 그려진다.

하지만 전문가들은 범죄현장을 다룬 뉴스와 드라마, 영화 등 모든 미디어가 모방범죄와 연관이 깊다고 지적한다. 범인을 검거하는 내용의 범죄수사물이 또 다른 범죄의 시작이 된다는 것이다. 영화 〈공공의 적〉에서 조규환은 부모를 살해한 후 시체에 밀가루를 뿌린다. 지문과 DNA를 은닉하기 위해서였다. 이를 모방해 많은 살인사건이 일어났다. 2017년 6월 15일 서울 도봉구에서 20대 전 부하직원이 40대 직장상사를 살해한 사건이 있었다.[19] 피의자는 피해자의 시신에 밀가루와 흑설탕을 뿌렸다. 이후 경찰당국은 피의자가 완전범죄를 꿈꾸고 영화 〈공공의 적〉을 모방해 이와 같은 행동을 한 것 같다고 밝혔다. 가장 악명 높은 살인범 유영철 역시 영화 〈공공의 적〉을 반복적으로 보며 범행방법과 범행은폐방법에 대해 학습했다고 한다.

영화와 달리 TV드라마는 공공재인 전파를 통해 방송되기 때문에 콘텐츠의 공익성을 고려해야 한다. 모든 범죄수사드

라마는 범죄를 저지른 사람이 검거되는 권선징악으로 종결
되며 범인을 추적하는 수사관을 중심으로 이야기가 전개되
기 때문에 시청자들은 범죄를 해결하는 주인공에 동일시되
어 드라마에 몰입한다. 그럼에도 불구하고 범죄를 다룬 드라
마 역시 모방범죄의 그늘에서 벗어나기는 어렵다.

　2016년 7월 2일 밤 알몸으로 미용실에 들어가 절도 행각
을 벌인 10대가 경찰에 붙잡혔다.[20] 당시 A군은 옷을 하나도
걸치지 않은 채 머리에 복면을 뒤집어쓰고 손에는 비닐장갑
을 착용한 상태로 미용실 내 CCTV에 찍혔다. A군은 "영화와
TV드라마 등을 보고 알몸으로 범행하면 증거가 남지 않는 줄
알고 옷을 벗은 채 범행을 저질렀다"고 진술했다.

　범죄수사드라마는 추리를 통해 문제를 해결하는 지적쾌락
을 자극하여 시청자를 범죄수사의 전개과정에 적극적으로
참여하게 하는 장르적 특성을 지닌다.[21] 범죄현장에서 증거
를 찾아내고 범죄자를 추적하는 과정을 현실감 있게 재현할
수록 범죄수사드라마의 극적 재미는 증가하고 시청자의 몰
입감은 상승한다. 또한 범죄가 잔인하고 주도면밀할수록 범
인검거의 카타르시스가 커진다. 하지만 과학수사, 프로파일
링 등 범죄수사드라마 속 수사관의 수사기법이 발전할수록

그것을 넘어서려는 범죄자의 범행 또한 더욱 치밀해진다. 범죄와 수사는 서로 견제함으로써 빠르게 발전하고 있는 것이다. 이것이 바로 범죄수사드라마의 장르적 딜레마이다. 악(惡)의 대척점에서 악을 처단하는 것이 선(善)이지만 악을 더욱 악하게 만드는 것 역시 선이다.

17.
범죄의 지능화, 수사의 전문화

범죄수사드라마는 범죄가 발생하는 '범죄'의 이야기와 범죄를 해결하는 '수사'의 이야기가 중심서사를 이룬다. 그 속에 존재하는 캐릭터는 범죄자와 수사관으로 선명하게 나뉜다.

1) 범죄자의 유형

한국 범죄수사드라마의 원형으로 평가받는 〈수사반장〉에서 다루어진 범죄의 유형들을 살펴보면 택시강도, 인신매매, 어린이 유괴사건 등 다양하다. 하지만 이러한 범죄를 저지르는 범죄자들은 결혼자금이 부족한 남자가 사람을 납치하고 몸값을 요구한다거나 세차장에서 일하던 사람들이 돈이 필요해 세차장 금고를 털어 도망가는 등 대부분 사회에서 소외된 약자의 모습을 하고 있다. 산업화 시대를 지나오면서 한국사회는 빈부격차가 심해졌고 개인이 감당해야 할 좌절감은 점점 커졌다. 1989년 11월 9일에 방영된 '대도 조세형' 편은 손재주 하나로 대낮에 철통같은 경비를 뚫고 부유한 특권층만을 털던 도둑에게 '대도'라는 호칭을 붙여줌으로써 당대 시청자들이 느꼈던 상대적 빈곤감에 따뜻한 시선을 보낸다.

2000년대에 들어 개인 차원의 열패감은 사회구조에 대한 문제의식으로 확장된다. 이제 더 이상 범죄수사드라마에 등장하는 범죄자는 먹을 것이 없어 음식을 훔치는 가난한 절도범이 아니다. 그들은 오히려 피해자이며 평범한 소시민을 범죄자로 만든 이 사회가 바로 가해자이다. 범죄수사드라마에서 범죄자는 사회적 약자에서 그런 약자를 억압하는 사회적 현실로 변모한다. 그리고 사회적 약자를 연민하기보다는 부조리한 현실에 대해 분노하고 폭로해야 한다는 인식이 강해진다.

범죄를 저지를 수밖에 없었던 안타까운 사연과 그런 그들을 이해하는 휴머니즘이 있었던 자리에 범죄를 은폐하는 힘의 논리와 그것을 정당화하는 구조적 견고함에 대한 권선징악적 단죄가 놓인다. 사회적 약자를 억압하는 사회구조, 이데올로기, 이념, 사상 등 거대담론의 추상적인 관념은 구체적 인물로 형상화되어 사회악으로서 존재한다.

최근 범죄수사드라마에서 범죄자는 재벌, 정치인, 의사, 종교지도자와 같은 사회적 신분이 높은 사람들이다. 그들은 자신의 권력과 능력을 이용하여 범죄를 저지를 뿐 아니라 그것을 은폐하며 자신의 이익을 위해 타인에게 위해를 가는 것에 아무런 망설임이 없다.

〈싸인〉(2011, 극본 김은희, 장항준)은 국립과학수사연구원에서 시신을 부검하여 사인을 밝혀내는 법의관들의 이야기를 다룬다. 윤지훈은 죽은 아버지가 다녔던 재벌그룹의 직원들이 연쇄적으로 의문사한 사건을 해결하는 과정에서 20년 전 돌연사했던 아버지의 죽음에 숨겨진 진실을 알게 된다. 국립과학수사연구원 원장이 연구원의 열악한 환경개선을 약속한 재벌그룹 회장과 결탁하여 아버지의 부검결과를 조작했던 것이다.

그 후 윤지훈은 그동안 권력의 교묘한 은폐로 누구도 밝히려 하지 않았던 서윤형 사건의 진실을 파헤치기 위해 앞장선다. 유력한 대권후보의 딸 강서연은 한때 연인이었던 아이돌 스타 서윤형을 변심했다는 이유로 질식사시킨다. 나중에 강서연은 검거되지만 수갑을 차는 순간에도 자신이 무죄로 풀려나올 것이라고 당당하게 말하는 안하무인의 모습을 보인다.

〈싸인〉에 등장하는 범죄사건의 범인은 모두 권력자 혹은 사회고위층이다. "부검실에 들어온 이상 다 똑같은 사람입니다. 국적이 뭐건 인종이 뭐건 남자건 여자건 돈이 많건 적건 다 똑같은 사람입니다. 그 어떤 누구도 죽어서 마땅한 사람은 없습니다." 이와 같은 주인공의 대사는 물질적 부유함에 따라 인간의 가치가 달라지는 신자유주의 시대의 불편한 민낯을 적나라하게 보여준다. 〈싸인〉은 시신 부검을 통해 죽은 사람이 전하는 진실을 밝혀내고 우리 사회에 있는 숨은 권력과 그 권력이 행사하는 모든 부조리한 일들을 폭로함으로써 부조리한 현실에 대한 대중의 반감을 적극적으로 반영한다.

최근 범죄수사드라마 속 범죄자는 외모와 능력 면에서 월등한 모습을 보이며 선망의 대상으로 그려진다. 〈싸인〉의 강서연 역시 유력한 대권후보의 딸로 등장하여 화려한 외모로 시선을 사로잡는다. 하지만 강서연은 연인을 살해하고 그것을 감추기 위해 저지른 여러 범죄행위에 죄의식을 느끼지 않는다. 오히려 죽은 사람들에게 잘못을 전가한다. 이러한 강서연의 의식세계는 병리적 나르시시즘으로 사이코패스 성향을 가진다.

범죄자의 사이코패스 성향은 범죄자의 사회적 신분과 맞물리면서 개인 차원의 범죄에서 사회적 차원의 범죄로 범죄의 성격을 변화시킨다. 그동안 사이코패스는 범죄수사드라마에서 반사회적 행동과 공감력 부족으로 인해 공포의 존재로 묘사되었다. 하지만 최근에는 사이코패스 성향에 사회적 의미가 부여됨으로써 개인이 아닌 하나의 세계로서 절대악을 상징한다.

일반적으로 범죄의 동기가 경제적 궁핍이나 개인적 원한에서 비롯된다면 〈싸인〉의 강서연을 비롯한 사회고위층 사이코패스의 경우는 자신이 남들과 다른 특별한 존재라는 특권의식에서 그 원인을 찾을 수 있다. 그들은 자신의 필요에 따라 사람을 구분 지으며 필요 없는 사람은 죽어도 괜찮다고 생각한다. 그리고 아무런 죄책감 없이 살인을 저지른다. 심지어 그들은 삶과 죽음을 통제할 수 있는 자신의 능력에 심취하여 타인을 향한 가학적인 행동에 중독되기도 한다.

미국드라마 〈한니발〉(2013)에서 주인공 한니발은 뛰어난 머리로 해부학을 전공하여 전직 외과 의사가 되었고 현재는 정신과 의사로 활동하고 있다. 그는 귀족 출신으로 음악을 비롯한 문학에도 조예가 깊다. 하지만 그는 자신을 제외한 모든 인간을 열등하게 바라본다. 누구든 마음에 들지 않으면 아무런 죄책감 없이 죽인다. 어떠한 단서도 남기지 않은 채 깔끔하게 살인한 다음에 그는 그 시신을 우아하게 요리하여 맛있게 먹는다. 2015년 시즌 3으로 종영했다.

전통적 범죄수사드라마의 범죄자가 대부분 가진 것 없는 자들에 한정됐었다면 2000년대 드라마에서는 자신들의 권력과 능력을 남용해 합법을 가장한 범죄를 저지르는 특권계층으로 범죄자의 범위가 확장된다.[22] 그들은 최고위층에 속하는 자신은 태어나면서부터 다른 사람들과는 다른 부류라고 규정지으며, 그들의 범행은 권력자인 자신이 저지르는 잘못을 어떤 누구도 벌할 수 없다는 오만에서 비롯된다. 드라마에서 그들의 범죄는 쉽게 발각되지 않고 제대로 단죄되지도 않는다. 그들은 범죄자 개인이 아닌 범죄를 은폐할 수 있는 현 체제의 권력구조로서 존재하며 사회지도층인 그들에 대한 수사와 검거는 현 체제를 지탱하는 사회질서에 균열을 일으키는 행동으로 그려진다. 그들은 무고한 개인을 위협하는 범죄자인 동시에 현실세계의 보수적 질서를 수호하는 수문장으로 자리매김한다.

사회빈민층에서 사회지도층으로 범죄자의 유형이 변화하

듯 범죄의 유형 역시 가진 것이 없어 범죄를 저지르는 단순 범죄에서 가진 것을 지키기 위해 혹은 더 많은 것을 가지기 위해 범죄를 저지르는 지능범죄로 옮겨간다.

미국드라마 〈화이트 칼라〉(2009)는 매번 수사망을 유유히 빠져나가는 희대의 지능적 사기꾼 닐 카프리가 우연한 계기로 FBI팀에 합류하여 함께 범죄를 수사하고 해결해나가는 내용을 그린다. 기존의 범죄수사드라마 속 잔인한 강력범죄와 달리, 〈화이트 칼라〉에서는 공금횡령, 문서위조, 뇌물, 탈세 등 비폭력적 불법행위 즉, 사회에서 지도적, 관리적 직무상에 있는 사람들이 자신의 직위를 이용하여 저지르는 화이트 칼라 범죄를 쫓는 내용이 다루어진다. 2014년 시즌 6이 종영하였다.

〈비밀의 숲〉(2017, 극본 이수연)은 감정을 느끼지 못하는 외톨이 검사 황시목이 정의롭고 따뜻한 형사 한여진과 함께 검찰 스폰서 살인사건과 그 이면에 숨겨진 진실을 파헤친다는 내용의 드라마다. 시작은 단순한 살인사건이지만 그 이면에는 스폰서, 비리, 뇌물, 살인, 정경유착 등 사회지도층의 윤리의식 결여와 끝없는 욕망이 숨겨져 있다. 드라마는 40대 중반의 서부지검 차장검사 이창준과 그의 장인어른인 한조그룹 회장 이윤범을 중심으로 경찰과 검찰, 그리고 대기업의 정경유착이 만들어낸 권력형 비리의 근원을 추적하는 과정을 사실적으로 다룬다.

가진 것이 없어 범죄를 저지르는 강도나 절도 등의 범죄가 '필요'에 따른 단순범죄라면 지능범죄는 돈과 권력에 대한 '욕망'에 의한 범죄로 분류할 수 있다. 앞의 두 가지 범죄 유형에는 범죄를 위한 '목적'과 '동기'가 분명히 존재한다. 하지만 최근에는 범행과정 자체에 대한 '유희와 쾌락' 혹은 아무런 이유 없는 '무(無) 동기' 범죄유형이 새로이 주목받고 있다.

미국드라마 〈마인드헌터〉(2017)는 1970년대 후반 범죄심리학이나 연쇄살인범이라는 용어가 아예 존재하지 않았을 때를 배경으로 이야기가 전개된다. 지난 100년간 범죄수사의 핵심은 '동기, 수단, 기회' 세 가지였다. 하지만 홀든 포드 FBI 요원은 동기가 모호한 범죄가 등장하기 시작했다는 것에 흥미를 느낀다. 그는 악명 높은 살인자들 인터뷰를 통해 그들의 심리를 분석하고 자료를 구축함으로써 새로운 살인자 부류의 예측할 수 없는 행동이유를 연구하기 시작한다.

드라마는 FBI 엘리트 연쇄범죄 수사팀 요원이 프로파일링 기법을 이용하여 악명 높은 범죄자들을 추적하는 과정을 그린다. 2019년 시즌 2가 방송 예정이다.

영국드라마 〈루터〉(2010)는 런던 강력범죄 전담반 소속으로 정의감에 불타는 열혈 형사 존 루터와 사이코패스 앨리스 모건의 두뇌게임을 그린 범죄수사드라마다. 잠시 슈퍼에 다녀온 사이 앨리스의 부모와 개가 모두 살해된다. 범죄현장을 최초로 발견하고 경찰에 신고한 앨리스를 참고인 조사하던 중 존은 앨리스가 범인임을 직감한다. 하지만 앨리스는 13살에 옥스퍼드대학에 입학해 18살에 천체물리학 박사학위를 취득한 천재로 타인의 감정에 대한 공감력이 제로인 사이코패스다. 그녀는 치밀한 계획으로 부모를 살해하고 키우던 개까지 죽였지만 증거를 남기지 않은 완전범죄 덕분에 무죄로 풀려난다. 천재적인 사이코패스 살인마가 과연 부모를 살해한 범인으로 검거될 것인가. 이것이 바로 〈루터〉의 시청 포인트다. 2015년 시즌 4가 종영했다.

2) 수사관의 유형

21세기 신자유주의는 물질적 풍요로움을 가져오는 대신

인간관계의 친밀함과 공동체적 가치를 파괴하고 개인의 일상을 무한경쟁과 극단적 자본주의로 내몰았다. 이 같은 사회구조의 변화는 사회양극화를 심화시켰으며 사이코패스의 출현, 기득권 세력들의 범죄, 묻지마살인 등 이전과는 다른 범죄 양상을 불러오는 결과를 초래했다.[23] 이에 따라 그동안 전통적 범죄수사드라마가 보여주었던 수사관 캐릭터에서 새로운 변화의 지점이 생겨나기 시작하였다. 특히 점점 치밀해져가는 범죄로 인해 범죄를 수사하는 방법에 있어 보다 혁신적인 수사기법이 요구되었다.

범죄수사드라마는 추리를 통한 문제해결이 주는 지적쾌락을 자극하여 시청자를 수사의 전개과정에 참여하게 한다. 따라서 극이 전개되면서 시청자는 수사관에 감정이입하고 범죄가 해결되는 과정에 더욱 몰입하게 된다. 이로 인해 범죄수사드라마의 수사관들은 점점 치밀해지는 범죄수법을 간파하고 이를 해결하기 위해 특수한 능력을 가진 슈퍼 히어로의 모습을 갖추게 된다.

〈보이스〉(2017)는 절대청각을 활용해 범인을 찾아내는 '보이스 프로파일러' 강권주와 그녀의 프로파일링을 기반으로 실제 범인을 쫓는 형사 무진혁의 활약을 치열하게 그려낸다. 강권주는 과거 불의의 사고로 눈을 다치면서 2년 동안 시력이 돌아오지 않아 장님과 다를 바 없는 생활을 하고 그것이 계기가 되어 작은 소리도 들을 수 있는 절대 청감 능력을 가진다. 그녀는 무전기로부터 백 미터 거리 밖에 위치한 이발소 간판이 돌아가는 소리, 무전이 잘 통하지 않는 지하에서 아이가 철창을 손톱으로 톡톡 치는 소리 등 보통사람들에게는 들리지 않는 소리를 들을 수 있다.

미국드라마 〈넘버스〉(2005)는 FBI 요원인 형이 수학천재인 동생의 도움을 받아 로스앤젤레스에서 일어나는 다양한 범죄들을 해결해가는 과정을 그린다. 사건이 발생하면 형 돈 엡스가 이끄는 FBI 수사팀이 조사하고 이를 바탕으로 찰리 엡스가 수학적 분석을 통해 사건을 해결하는 패턴으로 극이 전개된다. 동생 찰리는 세 살 때 이미 천 단위의 곱을 암산해낼 정도로 수학천재이며 현재 대학교수다. 그는 수학적 수식으로 기존의 사건과 범인들의 패턴을 파악하고 암호를 해석해서 사건을 해결한다. 2010년 시즌 6이 종영했다.

미국드라마 〈라이 투 미〉(2009)에는 거짓말을 읽어낼 수 있는 능력을 가진 범죄심리전문가가 등장하여 사건을 해결해나간다. 주인공 칼 라이트먼은 얼굴에 순간적으로 스쳐가는 사소한 표정변화나 제스처로 말의 진위여부를 구분해낼 수 있다. 2009년 미국 내 한국대사관을 배경으로 펼쳐지는 암살극 에피소드가 방영되어 한국에서 화제를 모으기도 했다. 제한된 시간 동안 대사관 내 오백 명의 용의자 중 단 한 명의 암살범을 찾아내야 하는 긴박한 상황에서 겉으로 감정을 잘 드러내지 않는 것을 미덕으로 삼는 한국인의 문화 때문에 칼 라이트먼이 수사에 큰 어려움을 겪는다는 내용이 그려졌다. 2011년 시즌 3이 종영했다.

미국드라마 〈멘탈리스트〉(2014)는 타인의 마음을 읽는 멘탈리스트 패트릭 제인이 자신의 아내와 딸을 살해한 연쇄살인범 레드존을 추격하는 내용을 다룬다. 예리한 관찰력과 날카로운 추리력을 가진 패트릭은 사람들의 행동을 관찰해서 마음을 읽을 수 있는 능력을 가지고 있다. 그는 방송에서 연쇄살인범 레드존에 대한 언급을 하는데 그 때문에 아내와 딸이 레드존에게 죽임을 당한다. 그 후 패트릭은 캘리포니아 연방수사대에 찾아가 자문위원이 되어 그들과 함께 각종 범죄를 해결하면서 레드존을 잡기 위해 고군분투한다. 2015년 시즌 7이 종영했다.

앞에서 언급한 드라마 속 수사관들은 뛰어난 청각이나 지적 능력을 가졌으며 타인의 표정이나 마음을 읽어내는 능력을 보유하고 있다. 이는 인간의 특정 신체기관이 제 기능보다 탁월한 경우에 해당된다. 누구나 들을 수 있는 귀가 있지만 〈보이스〉의 강권주처럼 백 미터 거리 밖에서 나는 소리를 들을 수 있는 것은 아니다. 누구나 볼 수 있는 눈이 있지만 〈라이 투 미〉의 칼처럼 상대의 얼굴을 보고 그 말이 거짓인지 아닌지 알아챌 수는 없다. 다시 말해, 앞에서 언급한 드라마 속 수사관들이 가진 능력은 기능 면에서 탁월하기는 하지만 특별하지는 않다. 귀와 눈, 그리고 뇌는 사람이라면 모두 가지고 있는 것이기 때문이다. 한편, 보통사람들이 아예 가질 수 없는 능력을 가진 수사관들도 드라마 속에는 존재한다.

〈처용〉(2014, 극본 홍승현)은 서울지방경찰청 광역수사대 강력2팀 형사 윤처용이 도시괴담 뒤에 숨겨진 미스터리사건을 해결해나가는 범죄수사드라마다. 영혼을 보고 듣고 만질 수 있는 능력을 가지고 태어난 처용은 영혼과 소통할 수 있는 능력을 이용해 '미친 귀신'이라 불리는 강력계의 에이스 형사가 된다. 하지만 7년 전 사고로 파트너를 잃고 광수대를 떠난다. 7년간 허송세월을 보낸 처용은 우연한 계기로 광수대로 복귀하고 FM 신참 형사 하선우와 기억을 잃은 귀신 한나영을 만난다. 이 괴상한 조합의 팀은 미스터리한 사건들을 그들만의 방식으로 해결해나간다. 2015년 시즌 2가 종영했다.

미국드라마 〈미디엄〉(2005)은 신비한 능력을 가진 주인공 엘리슨이 지방검사의 보조로 비밀리에 사건해결을 돕는 이야기를 그린다. 엘리슨은 과거에 일어난 사건이나 앞으로 발생할 사건을 꿈을 통해 볼 수 있으며 이를 사건해결의 결정적 단서로 제공한다. 미국 방영 당시 '심령수사'라는 독특한 소재와 함께 엘리슨 듀바라는 인물이 실존인물이라고 하여 큰 화제가 되었다. 우리나라에서는 〈고스트&크라임〉이라는 제목으로 소개되었으며 2011년 시즌 7로 종영했다.

일본드라마 〈VISION-살인이 보이는 여자-〉(2012)는 근신 중이었던 형사 아사노가 살인사건의 영상을 보는 특수능력을 갖게 된 모델 쿠루스를 만나게 되면서 그녀의 능력을 이용해 사건을 해결해나가는 이야기를 그린다. 모델 쿠루스 주변에서 살인이 자꾸 일어난다. 그녀는 살인사건의 범인과 피해자 들이 눈에 보였다고 진술하지만 형사들은 그녀가 살인사건과 관련이 있으며 그녀가 범인일지 모른다고 생각한다.

형사 아사노만 그녀의 말을 믿고 그녀와 함께 살인사건을 해결하기 시작한다. 가까운 미래를 볼 수 있는 쿠루스는 살인을 예측할 수도 있고 살인자와 소통도 가능하다.

최근 범죄수사드라마에서 등장하는 수사관들은 보통사람들보다 탁월한 능력을 가지거나 보통사람들이 가지지 못한 특별한 능력을 가진다. 점차 치밀해져가는 범죄를 수사하는 방법에 있어서 과학수사와 프로파일링 등 보다 혁신적인 수사기법과 함께 수사관에 대한 시청자의 기대가 높아지고 있기 때문이다. 이에 수사관은 이러한 초인적인 능력을 보여주는 한편 아예 인간의 한계를 뛰어 넘어 인간이 아닌 존재로 설정되기도 한다.

〈뱀파이어 검사〉(2011, 극본 한정훈, 양진아)의 주인공 민태연은 서울중앙지방검찰청 검경합동특수부 소속 검사로 외모와 지성은 물론이고 뱀파이어만의 각종 특수한 능력까지 두루 갖춘 이 시대 최고의 수사관이다. 그는 친남매나 다름없던 보육원 여동생의 살인사건을 추적하던 중 우연히 뱀파이어가 된다. 그 후 산 자의 피를 거부한 채 검사로서 정의를 추구하고자 노력하며 살아간다. 그러나 욕망에 충실한 또 다른 의문의 뱀파이어와 맞닥트리면서 운명적인 대결을 펼친다. 2012년 시즌 2로 종영했다.

미국드라마 〈아이 좀비〉(2015)는 어느 날 갑자기 좀비가 된 전도유망한 의과 레지던트 리브가 생존을 위해 검시소에 취직해 신원미상 시체들의 뇌를 먹으며 살아가는 이야기를 다룬다. 리브가 뇌를 먹을 때마다 뇌 주인의 성격과 능력이 그녀에게 발현되며 뇌 주인의 기억들을 단편적으로 공유한다. 이러한 특성을 이용해 리브는 같은 경찰서 형사 클라이브를 도와 여러 사건을 해결해간다.

18.
범죄수사와 성장서사, 그리고 전문직드라마

그동안 한국 시청자들은 멜로드라마와 홈드라마에 정서적 친밀감을 가지고 있었다. 드라마 시청에 있어 이성보다 감성에 의한 이야기 흐름을 선호했기 때문이다. 논리로 추리하여 극 전개에 참여를 유도하는 범죄수사드라마의 장르적 특성이 오히려 시청자와의 간극을 형성하는 요소로 작용하던 시절도 있었다. 하지만 2000년대 '미드'를 비롯한 외국 '장르물'에 대한 시청자들의 관심이 높아지면서 범죄수사드라마 수요도 점차 증가하였다. 특히 범죄수사 장르 특유의 추리를 통해 문제를 해결하는 지적쾌락을 즐기는 마니아층이 형성됨에 따라 과학수사, 프로파일링 등 범죄수사드라마의 수사 기법도 점점 정교해지고 있다. 이에 2000년대 들어 특수한 분야의 '전문직' 수사관이 대거 등장하기 시작하였다.

범죄수사드라마의 원조로 평가받는 미국드라마 〈CSI: 과학수사대〉(2000)는 최첨단 장비와 과학적인 증거분석을 통해 미궁 속의 사건을 해결하는 과학수사대 이야기로, 길 그리섬이 이끄는 라스베이거스 사건현장조사반의 활약을 그린다. 모든 사건해결의 열쇠는 현장을 조사하는 사람들에게 있으며 그들이 찾아낸 증거물은 용의자의 진술보다 신뢰도가 높게 취급된다. 과학수사를 담당하는 사건현장조사반은 복잡하고 어려운 사건일지라도 결정적인 증거를 찾아내 범인을 검거하는 데 성공한다. 2015년 시즌 16으로 종영했다.

2006년 《시카고 트리뷴(Chicago Tribune)》지는 드라마 〈CSI〉가 실제 미국법원의 판결에 영향을 미치고 있다고 보도했다.[24] 이를 'CSI 효과'라고 부르는데, 배심원들이 드라마에서 봤던 것처럼 완벽하고 결정적인 증거를 요구하고 기대에 못 미치는 증거일 경우에는 좀처럼 증거로 받아들이지 않는 현상을 말한다.

미국드라마 〈본즈〉(2005)는 제퍼소니안 박물관 소속 법의학 인류학자 템퍼런스 브레넌과 연구원 들이 FBI를 도와 미궁에 빠진 살인사건을 피해자의 뼈만으로 추적하는 이야기를 그린다. 주인이 누구인지 모르는 뼈가 발견되면 브레넌 박사가 자신의 팀과 함께 뼈의 주인이 누구이고 어떻게 죽었는지 알아내고 이를 토대로 FBI 특수요원 실리 부스와 함께 범인을 잡는다. 브레넌 박사의 법의학 수사팀은 컴퓨터를 이용해 뼈 주인의 생전 모습을 복원하고 당시 상황을 시뮬레이션한다. 2017년 시즌 12가 종영했다.

〈유령〉(2012, 극본 김은희)은 누군가의 생명을 앗아갈 수도 있는 컴퓨터 모니터 뒤의 섬뜩한 이면과 가려진 진실에 대한 이야기를 담은 드라마로 사이버공간에서의 범죄를 다룬다. 주인공 김우현은 경찰청 사이버수사1팀장으로 친구를 왕따시켜서 자살로 내몬 가해학생들의 삭제한 문자기록, 연쇄살인범이 훔친 개인정보, 부인을 처참하게 살해한 교수와 내연녀의 이메일 기록 등을 찾아내 범죄를 해결한다. 드라마 등장인물의 일부는 실제 사이버테러대응센터 직원들에게서 모티브를 얻어 캐릭터로 만들어졌다. 방영 당시 '사이버수사'라는 새로운 직업군의 범죄수사드라마로 큰 주목을 받았다.

앞선 작품들에서 등장하는 과학수사가 과학자와 법의학자에 의해 주로 발전되었다면, 흔히 '프로파일링'이라고 부르는 범죄자 분석은 병리학자와 심리학자에 의해 시작되었고

FBI에 의해 체계화되었다.[25] 사건현장에 남겨진 증거와 범행 패턴을 분석해 범인의 심리상태나 경향 등을 특징짓고 나아가 범인의 프로필을 뽑아내는 프로파일링은 불특정 다수에 대한 범죄가 많아지는 현대사회에서 더욱 필요한 수사기법으로 과학수사와 함께 최근 범죄수사드라마에서 자주 등장하는 전문적인 수사기법 중 하나이다.

〈크리미널 마인드〉(2005)는 범죄자의 입장에서 그들의 심리를 꿰뚫는 프로파일링 기법으로 연쇄살인사건을 해결해 나가는 FBI BAU팀의 활약을 그린다. 〈CSI〉가 범죄현장의 증거를 토대로 범인을 찾아내는 것에 반해, 〈크리미널 마인드〉는 현장에서 드러난 범인의 행동과 심리상태를 분석해서 범인의 신상을 유추해 사건을 해결한다. 드라마는 FBI 요원으로 활동했던 프로파일러들에게 자문을 받아 제작되었다. 2017년 시즌 13이 종영했으며 같은 해 tvN에서 한국판 리메이크가 방영되었다. 2018년 시즌 14가 방영 예정이다.

프로파일러가 사건해결의 주요 수사관으로 등장하는 〈크리미널 마인드〉와 같은 드라마가 있는 반면에 전통적인 수사방법을 고수하는 수사관과 프로파일러가 함께 사건을 해결해나가는 '조력형' 드라마도 있다. 일본드라마 〈컨트롤-범죄심리수사〉(2011)의 주인공 형사 세가와 리오는 범인 추격 중 총상을 입고 두 달 동안 쉬었다 출근한 날 흉악범죄수사과로 전보발령을 받는다. 그곳에서 그녀는 료난대 범죄심리학과 나구모 준 교수를 만나고 그의 자문을 받아 사건을 해결해나간다. 〈시그널〉(2016)은 현재의 형사들과 과거의 형사가 낡은 무전기로 교감을 나누며 장기미제사건을 해결해나간다는 내용의 범죄수사드라마다. 경찰대를 졸업하고 경위 계급장까지 단 엘리트 프로파일러 박해영과 15년차 베테랑 형사 차수현, 그리고 죽은 이재한 형사는 낡은 무전기로 교신하며 화성 연쇄살인사건 등 사회적으로 반향을 일으켰던 장기미제사건들을 해결해나간다.

범죄수사의 전문화로 인해 범죄수사드라마는 전문직드라마와의 접점이 형성되기도 한다. 전문직드라마는 법률·의료·경제·정치 등 주인공이 전문직에 종사하며 직장에서의 업무상황이 이야기 전개의 중요한 소재가 되는 경우를 말한다. 범죄수사드라마에 등장하는 수사관들은 범인검거라는 특수한 직무를 수행하지만 그들 중에는 맡은 업무에 따라 보다 전문적인 직업군으로 분류되는 사람들이 있다. 앞에서 언급한 과학수사와 프로파일링을 전문적으로 하는 수사관들이 대표적인 사례이며 그 외에 특정 사건만을 다루는 수사관들도 포함된다.

미국드라마 〈NCIS〉(2003, 2018년 시즌 16 방영 예정)는 미국 해군과 관련된 범죄를 수사하는 기관인 해군범죄수사대에 대한 이야기를 다루며, 미국드라마 〈성범죄수사대: SVU〉(1999, 2018년 시즌 20 방영 예정)는 성범죄수사만을 다루는 성범죄 전담반 이야기를 그린다.

범죄수사드라마의 전문직드라마화(化)로 인해 주인공은 형사, 검사 등 전통적인 수사관에서 벗어나 다른 영역의 전문적인 직업을 가지기도 한다. 이때 범죄수사는 그 직업의 전문성을 활용하여 진행된다. 〈크로스〉(2018, 극본 최민석)의 주인공 강인규는 의대 6년간 수석을 놓쳐본 적이 없고 의사고시마저 만점으로 패스한 엘리트 의사다. 하지만 그는 아버지를 살해한 범인에게 복수하기 위해 교도소 의무사무관에 지원한다. 범인을 쫓는 과정에서 그는 아버지를 죽인 장기밀매 조직을 알게 되고 그들을 단죄하기 위해 고군분투한다. 그의 치밀한 복수극은 피해자 발생에서 범인검거로 이어지는 범죄수사드라마의 전형적인 서사패턴을 그린다. 〈크로스)는 평범한 의사에 의한 범죄수사 이야기를 다룸으로써 범죄수사드라마와 메디컬드라마를 융합한 퓨전장르 성격을 가진다.

전문직드라마와의 융합형 범죄수사드라마는 두 개의 중심 서사로 구성된 이중플롯으로 전개된다. 첫째, 범죄수사드라마로서 범죄가 발생하고 그것을 해결하는 과정으로 추리의 서사가 진행된다. 둘째, 전문직에 종사하는 직장인으로서 문제해결을 통한 성장의 서사가 진행된다. 전문직드라마의 대표적인 서사는 직업의 전문성을 갖추는 과정에서 고난과 역경을 극복함으로써 진정한 전문인으로 거듭난다는 식의 '성장코드'이다.

범죄수사드라마 속 추리서사와 성장서사는 주로 범인을 추적하고 검거하는 수사관 두 명이 팀을 이루어 콤비플레이를 펼치는 과정에서 함께 진행되며 극 후반부에 범인검거와 수사관의 성장으로 수렴된다. 이때 인물유형은 후배의 성장을 돕는 능숙한 멘토와 아직 미숙하지만 열정과 패기가 있는 젊은 멘티로 구성된다.

병원과 교도소를 넘나들며 복수심을 키우는 천재 의사 강인규의 이야기를 그린 〈크로스〉에는 또 한 명의 주인공이 있다. 강인규의 양아버지 고정훈이다. 그는 따뜻한 마음을 가진 장기이식센터장으로 복수심에 불타는 강인규를 좋은 의사로 이끌기 위해 노력한다. 드라마는 강인규를 중심으로 '아들' 강인규의 범죄수사서사와 '의사' 강인규의 성장서사가 함께 진행된다. 〈크로스〉라는 드라마 제목처럼 두 장르의 서사가 교차되면서 아버지 죽음에 얽힌 사건의 진실이 드러나고 그 과정에서 강인규는 의사로서 한 걸음 성장한다.

〈시그널〉(2016)은 장기미제사건을 해결해나가는 장기미제 전담팀의 활약을 그린 드라마로, 경찰대를 졸업하고 경위 계급장까지 단 엘리트지만 아직은 미숙한 프로파일러인 박해영과 눈빛 하나 동작 하나로 사람들을 제압하는 15년차 베테랑 형사 차수현이 한 팀이 되어 사건을 해결해나간다. 드라마는 무전기를 통해 과거와 현재를 오가는데 현재에서는 박해영과 차수현이 콤비를 이루고 15년 전 과거에서는 초짜 경찰 차수현과 우직한 강력계 형사 이재한이 멘토와 멘티가 되어 한 팀을 이룬다.

이와 같이 범죄수사드라마에서는 두 명이 팀을 이루어 등장하는 경우가 많다. 〈비밀의 숲〉(2017)은 감정을 느끼지 못하는 외톨이 검사 황시목과 정의롭고 따뜻한 형사 한여진이 힘을 합해 검찰 스폰서 살인사건과 그 이면에 숨겨진 진실을 파헤친다. 미국드라마 〈넘버스〉(2005)는 수학천재로 수학적 원리를 이용해 난해한 범죄사건을 푸는 동생 찰리 엡스와 동생과는 다른 시각으로 사건을 바라보며 자신의 사생활도 없이 사건을 해결하는 데 전념하는 열정적인 FBI 스페셜 요원인 형 돈 엡스가 함께 사건을 해결해나간다.

범죄수사드라마 속 성장서사의 흐름이 멘토에서 멘티로 일방적으로 진행되지 않고 쌍방향으로 전개되는 경우도 있다. 이때 멘토와 멘티라는 구분은 사라지고 두 인물은 성장이라는 공통된 키워드로 결합한다. 두 인물은 하나 이상의 분야에서 반대적 성향 혹은 사연을 가지고 있으며 서로 다름으로 인해 갈등을 겪지만 결국엔 서로를 이해하고 한 걸음 성숙한다.

범죄현장의 골든타임을 사수하는 112 신고센터 대원들의 치열한 기록을 그린 〈보이스〉(2017)는 3년 전 은형동 경찰부인 살인사건으로 정체를 알 수 없는 괴한에게 부인을 잃은 형사 무진혁과 당시 초동대처 미흡으로 범인을 놓친 112 신고센터장 강권주가 손을 잡고 사건을 해결해나가는 이야기다. 부인을 잃고 폐인처럼 살았던 무진혁은 강권주를 향한 원망으로 그녀와 함께 일하지 않기로 결심한다. 한편 강권주는 그 사건 이후 미국으로 유학을 떠나고 3년 후 보이스 프로파일러가 되어 돌아온다. 그녀는 골든타임팀을 신설하고 오랜 설득 끝에 무진혁을 자신의 팀에 합류시켜 그와 힘을 합해 범인검거에 성공한다.

범죄수사드라마의 성장코드는 범죄를 함께 수사하고 범인을 검거하는 과정에서 주로 활용된다. 하지만 예외적으로 범죄자와 수사관 사이에 정서적 교감이 형성되는 경우도 있다. 사이코패스와 형사의 두뇌게임을 그린 영국드라마 〈루터〉(2010)의 주인공 존 루터는 극중 프로파일러는 아니지만 범죄자의 사고를 짐작하고 패턴을 읽어 다음 행동을 예상해서 범인을 잡는 형사다. 그는 자신이 담당한 살인사건의 피해자 딸인 앨리스 모건이 살인자라는 것을 알게 되고 증거가 모두 사라진 상황에서 앨리스 모건을 유심히 지켜본다.

한편 천재 물리학자인 앨리스는 유일하게 자신의 범죄행각을 눈치 챈 존 루터에게 끌리기 시작한다. 어린 나이에 천재로 길러져 외로운 삶을 살게 되었다는 원망으로 부모를 죽인 앨리스 모건은 그녀의 마음속 어둠을 발견한 존 루터처럼 존 루터의 내면에 있는 어둠을 직감적으로 알아챈다. 존 루터는 체포 도중 고의로 떨어트려 코마상태에 빠진 범죄자에 대한 죄책감과 사랑하는 아내와의 갈등, 아내의 불륜 등 심적으로 혼란한 상태다. 시간이 지나면서 둘 사이에는 묘한 연대감이 형성된다. 〈루터〉 속 사이코패스 살인범과 그녀를 추적하는 형사는 적대자인 동시에 동반자로서 서로의 삶에 깊숙이 개입한다.

19.
한국드라마에서 절대 악은 부패한 권력과 재벌!

　동일한 소재를 다루더라도 소재를 다루는 방식에 따라 드라마의 메시지는 달라진다. 라스베이거스 사건현장조사반의 활약을 그린 드라마 〈CSI〉와 국립과학수사연구원 법의학자들의 이야기를 그린 드라마 〈싸인〉은 주요 등장인물의 직업은 다르지만 과학적인 분석을 통해 미궁 속의 사건을 해결한다는 점에서는 동일하다. 두 드라마 모두 과학수사를 통해 범죄 이면에 숨겨진 진실을 추적하고 범인을 검거한다. 하지만 과학수사에 부여된 의미에 따라 각 드라마에서 말하는 진실은 달라진다.

　〈CSI〉에서 과학수사는 범인의 범죄행각을 드러내는 수단이다. 시즌 1에서 폴 밀렌더는 피해자들을 욕조에서 죽게 한 뒤 자살로 위장하는 지능적인 연쇄살인범이다. 하지만 실생활에서 그는 지방판사로 모범적인 생활을 한다. 〈CSI〉가 범죄를 은폐하려는 범죄자와 그런 범인을 검거하려는 수사관의 팽팽한 긴장관계를 중심축으로 개인과 개인의 대결을 그린다면 〈싸인〉은 과학수사를 통해 범죄 이면에 숨겨진 사회의 더러운 민낯을 폭로한다.

〈싸인〉의 주인공 윤지훈은 오직 과학적 진실만을 추구하는 강직한 법의학자이다. 그런 그가 마주하게 된 범인은 한 명의 살인범이 아니라 살인범이 가진 권력과 그것을 수호하는 사회구조다. 아이돌 한류 가수 서윤형을 죽인 것은 그의 연인 강서연이지만 그 살인이 가능했던 것은 강서연이 유력한 대권후보의 딸이었기 때문이다. 또한 법의학자 윤지훈의 아버지가 돌연사한 것은 아버지가 다녔던 재벌회사의 열악한 업무환경 때문이지만 그 죽음이 20년 동안 은폐될 수 있었던 것은 막강한 영향력을 행세한 재벌회사와 그곳의 재정 지원을 받는 국립과학수사원의 존재 덕분이었다.

프로파일러가 동일하게 등장하지만 〈크리미널 마인드〉와 〈시그널〉 역시 프로파일러를 활용하는 방식에는 큰 차이가 있다. 〈크리미널 마인드〉는 프로파일링 기법으로 범죄자의 심리를 꿰뚫어 잔혹한 범죄사건을 풀어나가는 FBI 프로파일링 전문팀의 활약을 다룬다. 사건은 주로 인간사냥, 납치, 참수, 연쇄살인, 증오범죄 등 잔인한 강력범죄이며 현장에서 드러난 범인의 행태와 심리상태를 통해 범인의 유형을 파악하고 실제 범인을 추적하는 과정이 흥미진진하게 펼쳐진다. 반면 〈시그널〉은 범인 그 자체에 주목하기보다는 범인이 범죄를 저지르고 그것을 은폐할 수 있는 배경에 깊이 천착한다. 극중 장기미제사건이 여러 개 등장하는데 이 모든 것은 형사 이재한의 죽음과 연결되어 있다. 이때 형사의 죽음은 진실을 은폐하려는 국회의원 장영철의 음모와 맞닿아 있다.

〈CSI〉와 〈싸인〉, 〈크리미널 마인드〉와 〈시그널〉 등 네 작품은 소재를 다루는 방식에 있어 두 가지 유형으로 분류할 수 있다. 〈CSI〉와 〈크리미널 마인드〉, 그리고 〈싸인〉과 〈시그널〉.

공교롭게도 이러한 유형 분류는 제작사의 국적에 따른 분류와도 일치한다. 〈CSI〉〈크리미널 마인드〉 등 미국드라마의 경우 범죄자의 트릭과 수사관의 추리가 중심서사를 이루며 범인을 검거하는 데 과학수사의 목적이 있다. 반면에 〈싸인〉〈시그널〉과 같은 한국드라마의 경우에는 과학수사를 통해 범인의 배후를 파헤치고 그것을 폭로하는 것에 궁극적인 지향점이 있다. 미국드라마가 수사관의 전문성이 드러나는 전문직드라마 성향이 강하다면 한국드라마는 수사의 전문성을 중점적으로 다루기보다는 우리 사회에 숨은 권력들의 힘과 그 권력이 행사하는 모든 부조리한 일들을 드러내는 정치드라마 성향이 강하다.

1) 수사관의 희생과 유전무죄에 대한 분노

전통적 범죄수사드라마의 범죄자가 대부분 가진 것 없는 자들에 한정되었다면 2000년대 한국 범죄수사드라마에서는 자신들의 권력과 능력을 남용해 합법을 가장한 범죄를 저지르는 특권계층으로 범죄자의 범위가 확장된다. 권력자가 지닌 자본과 정보력은 수사관들의 추적을 피하고 자신의 범행을 은폐하는 수단으로 사용된다. 재벌, 의사 등 사회적 신분이 높은 특권층의 범죄는 쉽게 발각되지 않으며 제대로 단죄되지도 않는다.

범죄의 지능화와 범죄자의 권력화에 따라 오히려 범죄자를 쫓던 수사관이 범죄자에 의해 희생되기도 한다. 〈시그널〉의 이재한 형사는 어두운 권력에 맞서 진실을 추구하며 끊임없이 저항하다가 살해당한다. 〈비밀의 숲〉의 황시목 검사는 스폰서 살인사건과 그 이면에 숨겨진 비리를 수사하는 과정에서 용의자로 지목되는 한편 사건이 해결된 뒤에는 그 공로를 인정받기는커녕 남해로 좌천된다. 〈유령〉의 김우현은 경찰청 사이버수사1팀장으로 인기가수 신효정 살인사건의 범인검거를 위해 스파이로 활동하던 중 범인인 세강그룹 회장 조현민에게 살해당한다. 그 뒤 김우현의 경찰대학교 동기이자 친구인 박기영이 김우현을 대신해 수사를 계속하지만 그가 유일하게 믿었던 전재욱 경찰국장을 비롯해 여러 사람들이 살해당한다. 그 과정에서 박기영은 살해사건의 용의자로 지목받아 도망자 신세가 된다.

그동안 범죄수사드라마에서 사건발생은 범인의 몫이고 사건수사는 수사관의 몫이었다. 피해자는 범죄에 한정되어 등장하였으며 사건의 잔혹함을 부각시킴으로써 극적 긴장도를 높이는 역할을 담당하였다. 하지만 범인을 검거해야 할 수사관까지 권력층 범죄자의 희생자가 됨으로써 시청자들로 하여금 자신을 포함한 평범한 사람들도 희생자가 될 수 있다는 생각을 하게 만든다. 수사관의 희생은 범죄의 배후에 있는 부조리한 사회현실과 권력구조에 대한 강한 거부감을 유발시켜 사건해결에 대한 간절함과 극의 몰입도를 상승시키는 장치로서 작동한다.

　돈이 있으면 죄를 지어도 벌을 받지 않을 수 있다는 유전무죄식(式) 서사진행은 권선징악 엔딩에 대한 시청자의 욕구를 자극한다. 가진 자와 가지지 못한 자의 대립구도를 선악의 개념으로 치환하기 위해 권력층 범죄자는 일반적인 범죄자보다 엄격한 도덕적 잣대가 주어지며 대체로 범행 자체를 유희적으로 즐기고 피해자와 수사관을 조롱함에 있어 감정적 동요가 전혀 없는 소시오패스로 그려진다. 사이코패스는 감정이 없어서 타인에게 공감을 하지 못하지만 소시오패스는 감정은 있지만 자신의 욕망과 이익을 위해 타인에게 위해를 가하는 것에 망설임이 없다.

　〈리턴〉(2018, 극본 최경미)은 TV 리턴쇼 진행자 최자혜 변호사가 독고영 형사와 함께 살인사건의 진실을 파헤쳐 나가는 범죄수사드라마다. 살인 용의자는 스마트업 재벌 오태석, 사학재벌 겸 교수 김학범, 병원장 아들이자 의사 서준희, 재벌그룹본부장 강인호 등 4명의 상류층 사람들이다. 드라마는 마약과 환락파티 등과 같은 재벌의 방탕하고 문란한 삶의 이면을 신랄하게 그려내면서 악(惡)의 4인방, 일명 '악벤져스'로 불리는 그들의 범죄행각을 추적해간다.

〈싸인〉〈시그널〉〈리턴〉〈유령〉 …… 많은 한국 범죄수사 드라마 속 범죄자들은 돈과 권력을 가지고 있으며 그들의 범행은 사회적 약자에 대한 연민과 도덕적 망설임 없이 폭주한다. 그들을 막을 수 있는 것은 아무것도 없다. 법과 규칙은 그들 앞에서 능력 없는 소시민들의 한낱 하소연에 불과하다. 드라마 속에서 그들은 사회의 절대악으로 그려지며 그런 그들에 대한 권선징악적 단죄는 정당성을 부여받는다.

기득권 세력이 저지르는 범죄에 대한 주목은 최근 방영된 범죄수사드라마에서 두드러진다. 〈시그널〉〈보이스〉를 포함한 많은 범죄수사드라마가 실제 사건을 모티프로 제작되었으며 실화를 바탕으로 했다는 홍보문구를 마케팅에 적극 활용한다. 사회고위층에 대한 대중의 부정적 인식이 만연한 한국사회상이 반영된 결과라고 할 수 있다.

2) 사적 복수와 선악의 붕괴

2000년대 한국 범죄수사드라마에서 범죄자는 사회적 약자를 억압하는 권력자이며 그들을 수호하는 사회구조다. 하지만 권력층 범죄자를 응징하기에는 현실적인 어려움이 따른다. 그들에게는 돈과 권력, 그리고 그들을 지켜줄 든든한 세계가 있기 때문이다. 드라마 속 권력층 범죄자는 경찰과 검찰을 비롯한 수사처 내부에 협력자를 두고 있으며 그들의 비호 아래 과감하게 범행을 저지른다. 만인 앞에서 평등하다는 그 법 또한 권력층 범죄자 앞에서는 무력하다. 오히려 그들을 수호하는 데 역이용되기도 한다.

범죄수사드라마는 우리 사회 현실을 비판할 수 있는 기회를 제공하는 한편 문제해결에 대한 방법론을 깊이 고민하게 만든다. 피해자를 지켜주고 범죄자를 검거해야 할 수사관까지 살해당하는 상황에서 평범한 사람들이 할 수 있는 선택사항은 세 가지다.

첫째, 스스로 방어하고 스스로 복수하는 것이다. 〈피고인〉(2017, 극본 최수진, 최창환)은 딸과 아내를 죽인 누명을 쓰고 사형수가 된 검사 박정우가 악인 차민호를 상대로 벌이는 치열한 복수극을 그린다. 주인공 박정우는 피고인의 유죄를 입증하지 못한 적 없는 유능한 검사였지만 그날의 기억을 상실한다. 그는 누명을 벗기 위해 진실을 찾아나서는 과정에서 차명그룹 회장의 장남 차민호의 방해공작을 받는다. 주인공은 검사지만 법의 테두리에서 보호받지 못하고 결국엔 탈옥을 감행한다. 드라마는 한국판 〈프리즌 브레이크〉로 불리며 많은 사랑을 받았다.

누명을 벗기 위해 스스로 범인검거에 나선 사람의 이야기가 〈피고인〉이라면 〈추적자〉는 자식의 죽음에 얽힌 비밀을 파헤치기 위해 직접 범인을 추적하는 아버지의 이야기다. 〈추적자〉(2012, 극본 박경수)의 주인공 백홍석은 강력반 형사다. 갑작스런 뺑소니 사고로 중학생 딸이 죽고 그 충격에 아내까지 잃는다. 형사인 그는 범인을 검거하여 법정에 세우지만 범인은 무죄로 풀려난다. 살해증거를 확보했지만 법적으로 처벌할 방법이 없었던 그는 범인이 딸의 죽음을 조롱하자 선고 날 법정으로 찾아가 몸싸움 끝에 그에게 총을 쏜다. 경찰의 추적을 받게 된 그는 형사가 아닌 아버지로서 딸의 죽음에 숨겨진 진실을 파헤치기 위해 치열한 싸움을 시작한다.

〈추적자〉가 자식을 위해 부모가 나서는 경우라면 〈수상한 파트너〉와 〈마녀의 법정〉은 부모를 위해 자식이 나서는 경우다. 〈수상한 파트너〉(2017, 극본 권기영)의 주인공 은봉희는 아버지의 누명을 벗기려고 노력하는 변호사이며 〈마녀의 법정〉(2017, 극본 정도윤)의 주인공 마이듬은 어머니의 실종에 얽힌 비밀을 파헤치면서 국회의원 출신 로펌 자문이사인 조갑수의 부정부패를 척결하는 검사다.

권력층 범죄자에게 희생된 피해자 혹은 그의 가족이 스스로 문제를 해결하기 위해 나서는 경우에는 대체로 범죄사건을 수사하거나 범인을 추적할 수 있는 직업군에 종사한다. 〈피고인〉〈수상한 파트너〉〈마녀의 법정〉은 모두 법조인이며 〈추적자〉은 형사이다.

그들은 자신의 일을 하는 과정에서 개인적 사연이 얽힌 사건까지 함께 해결한다. 드라마 초반에는 별개의 이야기로 진행되던 사건들이 후반부에 가서는 동일한 범인을 지목하는 하나의 사건으로 수렴되면서 주인공은 일터와 가정 모두에서 해피엔딩을 맞이한다. 사적 복수와 공적 복수를 동시에 이루어내는 것이다. 이때 범인은 여러 가지 범죄사건에 연루될 만큼 권력을 가진 사람으로 경찰과 검찰, 그리고 재벌 등 다양한 사회지도층에게 영향을 끼치는 강력한 악인으로 설정된다. 그는 정체가 쉽게 노출되지 않으며 쉽게 검거되지도 않는다. 범인검거에 따른 험난한 과정에서 시청자는 주인공의 개인적 원한과 정의실현에 대한 갈망을 공유하며 범인이 검거되고 그가 휘둘렀던 권력이 무너지는 모습을 통해 카타르시스를 느낀다.

누구도 막을 수 없는 권력층 범죄자 앞에서 평범한 사람들은 선(善)으로서 그들을 단죄할 수 없다는 패배감에 휩싸이기 마련이다. 이때 시청자들은 정의로운 방식을 통한 사회정의 구현을 포기하고 수단의 정당성에서 벗어나 목적의 타당성에 집중하게 된다. 범죄를 수사하고 정의를 실천하는 과정보다는 범인을 처벌하는 권선징악적 결말을 중시하는 것이다. 피해자를 지켜줘야 할 수사관까지 살해당하는 열악한 현실에서 평범한 사람들이 할 수 있는 두 번째 선택은 범인보다 더 악한 악인을 통해 범인을 응징하는 것이다.

〈보이스〉(2017) 속 사이코패스 범죄자는 성운통운의 후계자인 재벌 2세 모태구다. 그는 무시무시한 쇠공으로 거침없이 사람을 죽일 뿐 아니라 피해자의 머리카락과 두피를 수집하면서 죄책감은커녕 절규를 들으며 즐거워하고 피해자의 피로 목욕하는 엽기적인 행태를 보인다. 모태구는 엽기적인 살인행각이 언론에 알려진 뒤 재벌 아버지의 도움으로 해외로 도망가려고 했으나 경찰에 검거된다. 그 후 성운정신병원에 갇힌 모태구는 사이코패스인 정신병원 원장과 그를 따르는 환자들에게 무참하게 살해당한다. 그들은 모태구를 둔기로 때려죽이는데 이는 그동안 모태구가 사람들을 죽이던 방식과 동일하다. 결국 그는 자신이 저지른 범행방식 그대로 살해당한 것이다.

미국드라마 〈덱스터〉(2006)는 연쇄살인범을 쫓는 또 다른 연쇄살인범 덱스터의 이야기를 다룬다. 어린 시절 충격적인 사고를 겪은 후 덱스터는 사이코패스가 되어 살인충동에 시달린다. 그 사실을 알게 된 그의 아버지는 형사로서 자신의 직업적 경험을 토대로 아들이 살인을 하고도 절대 붙잡히지 않도록 완전범죄 할 수 있는 기술을 훈련시킨다. 다만, 아들 덱스터가 무고한 사람이 아닌 잔혹한 범행을 저지른 범죄자를 죽이게끔 지도한다. 훗날 경찰청 혈흔분석요원이 된 덱스터는 낮에는 평범한 직장인으로 일하고 밤에는 물색해놓은 대상을 살해하는 연쇄살인범이 된다.

〈나쁜 녀석들〉(2014, 극본 한정훈)은 법이라는 최소한의 가치조차 외면받는 현실 속에서 경찰이 아닌 사람들이 힘을 합해 악을 처단하는 내용을 그린다. 딸을 잃고 미친개가 된 형사 반장 오구탁를 비롯해 조직폭력배 박웅철, 청부살해업자 정태수, 사이코패스 연쇄살인범 이정문 등 '나쁜 녀석들'이라 통칭되는 범죄자들은 '더' 나쁜 녀석들을 수단과 방법을 가리지 않고 응징한다. 드라마는 더 이상 선이 악을 심판하는 시대가 아니며 악을 처단하는 것이 정의가 되고 선이 되는 것이라는 메시지를 전달한다. 2018년 시즌 2가 종영했다.

　권력층 범죄자에 맞서 평범한 사람들이 사건을 해결하는 방식에는 세 가지가 있다. 무력한 수사관을 대신해 직접 나서는 것이 첫 번째이고 범인보다 더 악한 사람을 통해 응징하는 것이 두 번째이다. 마지막 세 번째 선택은 스스로 악한 사람이 되는 것이다. 앞서 언급한 두 가지 방식을 결합한 것으로 직접 문제해결을 위해 노력하되 범인보다 더 악한 사람이 되어 강력한 권력을 가진 사회지도층 범죄자를 단죄하는 것이다.

〈비밀의 숲〉(2017)은 검찰 스폰서 살인사건과 그 이면에 숨겨진 진실을 파헤치는 이야기를 그린다. 이때 등장인물에 따라 문제에 접근하는 방식이 다르다. 검사 황시목과 형사 한여진은 자신의 위치에서 최선을 다해 사건을 해결하려고 노력한다. 이와 달리 윤 과장과 차장검사 이창준은 법의 테두리 안에서는 정의를 실현하기 어렵다고 판단하고 스스로 악을 처단하기로 결심한다. 그들은 범인을 검거하고 범인 뒤에 있는 진짜 배후를 파헤치기 위해 살인을 비롯한 온갖 범행을 저지른다. 정의를 실현하기 위해 불의를 선택한 그들은 악을 처단하기 위해 스스로 '괴물'이 된 것이다.

20.
시즌제 범죄수사드라마 :
세상은 쉽게 바뀌지 않는다

2016년 최고의 흥행작 〈시그널〉 속 과거의 이재한 형사는 2016년 현재를 살아가는 박해영 경위에게 묻는다. "거기도 그럽니까? 돈 있고 빽 있으면 무슨 개망나니 짓을 해도 잘 먹고 잘 살아요? 그래도 20년이 지났는데…… 뭐라도 달라졌겠죠?" 드라마는 끝났지만 세상에는 아직도 많은 장기미제사건이 남아 있다. 그런 탓일까. 〈시그널〉 시즌 2에 대한 시청자들의 청원이 빗발쳤다.

범죄수사드라마의 시즌제 제작이 유독 활발하게 이루어지는 이유는 장르적 성격과 시즌제도가 잘 맞아 떨어지기 때문이다. 시즌제 드라마는 배우의 연속성, 스토리의 연속성, 형식의 연속성 등 다양한 요소를 고려하여 이야기의 진행속도를 조절한다. 그중 시즌제 범죄수사드라마는 매 시즌 동일한 수사관들이 등장하여 동일한 방식으로 범죄를 해결해나간다. 달라지는 것은 범죄자다. 새로운 범죄의 발생은 새로운 에피소드의 삽입을 의미한다. 범죄수사드라마는 등장인물의 매력 못지않게 범인을 추적하고 범죄를 해결하는 과정의 비중이 크다. 이러한 특성 덕분에 시즌 연장에 따른 에피소드 구성 부담이 타 장르에 비해 상대적으로 적다. 세상이 멸망하지 않는 한 범죄는 끊임없이 발생하기 때문이다.

하지만 사건발생과 사건해결이 동일한 패턴으로 계속 반복될 경우 시청자는 지루함을 느낀다. 이때 범인을 검거하는 수사과정이 시청자의 예상을 뛰어넘을 정도로 극적이라면 극에 대한 몰입도는 자연스레 높아질 수밖에 없다. 이에 시즌제 범죄수사드라마는 특수한 사건을 전문적으로 다루는 직업군을 주인공으로 삼는 경우가 많다.

장기미제사건은 범죄의 심각성과 함께 사건의 역사성을 가지고 있기 때문에 해결하는 데 어려움이 크다. 증거와 증인 모두 사라져버린 상황에서 수사관들과 수사관 입장에서 드라마를 보는 시청자들은 좌절감을 느낄 수밖에 없다. 하지만 범인검거가 어려움에 봉착할수록 범죄수사는 보다 전문적으로 진행되며 범인과 수사관 사이의 긴장은 점점 팽팽해진다.

시청자들은 한시도 긴장을 놓을 수 없다. 잠시 방심하는 사이 범인을 검거할 수 있는 단서를 놓칠 수 있기 때문이다.

〈콜드 케이스〉(2003)는 미모의 강력계 형사 릴리 러시를 중심으로 미해결사건 전담반이 오랫동안 잊혔던 장기미제사건들을 과학적인 수사방법으로 추적해가는 과정을 그린 미국드라마다. 방영 내내 많은 인기를 모으며 2010년 시즌 7이 종영했다.

실종사건은 피해자가 없는 상황에서 사건을 수사해야 하기 때문에 사건해결에 어려움이 크다. 또한 초기대응이 매우 중요해서 골든타임을 놓치면 별다른 단서를 찾지 못한 채 장기미제사건이 될 가능성이 높다. 〈위드아웃 어 트레이스〉(2002)는 실종자전문수사팀의 독특한 수사방식과 짜릿한 심리게임을 잘 풀어낸 미국드라마로 2009년 시즌 7이 종영했다.

그 외에 추악한 성범죄를 수사하는 성범죄수사대의 활약을 그린 미국드라마 〈성범죄수사대: SVU〉(1999)는 2017년에 시즌 19가 방영되어 큰 화제를 모았다. 〈신의 퀴즈〉(2010, 극본 박재범)는 한국대 법의관 사무소의 엘리트 의사들이 미궁에 빠진 의문의 죽음을 추적하고 희귀병에 얽힌 미스터리를 풀어가는 과정을 그린 드라마로 2014년 시즌 4가 종영하였다. 주인공 천재 과학자 역을 맡았던 배우 류덕환이 제대하면서 시즌 5에 대한 기대가 높아졌다.

시즌제 드라마의 스토리 전개 방식은 크게 두 가지로 분류할 수 있다.[26] 첫째, 여러 개의 에피소드를 순차적으로 진행하는 옴니버스플롯이다. 이와 같은 구성은 사건이 발생하고 이를 해결해가는 과정을 반복함으로써 서사가 진행된다. 매회 각기 다른 사건을 통해 이야기가 완성되며 회별로 하나의 에피소드가 끝나기 때문에 한 회씩 개별적인 시청이 가능하다. 이야기의 호흡이 짧아 시청하기 용이하나 지속적인 시청습관을 유도하기 위한 매력적인 캐릭터 설정이 요구된다. 장기미제사건, 성범죄사건 등 특수한 범죄를 전담하는 전문직수사관이 주로 등장하는 전문직드라마 성향이 강하다. 〈성범죄수사대: SVU〉, 〈위드아웃 어 트레이스〉, 〈CSI〉, 〈신의 퀴즈〉 등이 있다.

두 번째는 여러 편을 관통하며 진행되는 메인 스토리와 함께 한 편 안에서 이야기와 사건이 완결되는 단독 에피소드로 구성되는 다중플롯이다. 메인 스토리와 단독 에피소드는 별개의 사건처럼 보이지만 나중에는 서로 밀접한 관련이 있는 것으로 밝혀지면서 극적 재미를 높인다.

미국드라마 〈팔로잉〉(2013)은 자신이 가르치던 캠퍼스에서 14명의 여학생을 살해한 연쇄살인범 조 캐롤과 누구보다 그에 대해 잘 알고 있는 전 FBI 요원 라이언 하디의 숨 막히는 추격전을 그린다. 연쇄살인범 조 캐롤의 연쇄살인이 메인 스토리를 이끌고 나간다면 사회 곳곳에 숨어 있는 그의 추종자들의 살인은 조 캐롤을 향한 숭배행위로서 개별적인 에피소드로 기능한다. 조 캐롤의 추종자들은 그와 함께 다니는 가시적 추종자, 그들의 범행을 숨어서 돕는 비가시적 조력자, 그리고 그들의 범행을 모방하여 범죄를 저지르는 비가시적 모방자들로 나뉜다. 조력자와 모방자를 포함한 비가시적 추종자들은 각자 삶의 터전에서 일상생활을 영위하다가 어느 순간 자신의 정체를 드러내며 조 캐롤의 공범 역할을 담당한다.

다중플롯의 시즌제 드라마에서 메인 스토리는 여러 시즌에 걸쳐 이야기가 전개되는데 매 시즌마다 내용상의 분기점을 가진다. 다시 말해, 하나의 시즌에서 기승전결로 이야기가 전개되는 동시에 전체 시리즈에서 또 하나의 기승전결이 형성된다. 〈팔로잉〉은 연쇄살인범 조 캐롤과 FBI 요원 라이언 하디의 추격전이 메인 스토리이지만 시즌별로 이야기 단위는 명확하게 구분된다.

시즌 1에서 조 캐롤은 FBI의 추적을 받다가 불이 난 집에서 죽음을 맞이하는 것으로 끝난다. 하지만 시즌 2에서 조 캐롤은 부활하여 또 다른 무리들과 함께 더욱 잔혹한 범죄를 저지른다. 시즌 2 마지막 회에 조 캐롤은 검거되고 시즌 3은 그의 사형집행이 한 달 남았다는 설정에서 시작된다. 그리고 조 캐롤의 추종자였던 사람들의 연쇄살인이 다시 시작된다. 시즌이 진행되면서 조 캐롤을 둘러싼 범죄행각은 점점 잔인해지고 그를 따르는 추종자들의 숫자는 늘어간다. 점점 확대되고 증폭되는 갈등으로 극의 긴장과 흥미가 높아진다. 하지만 조 캐롤의 등장과 죽음, 조 캐롤의 부활과 사형선고 등 문제발생으로 시작해서 문제해결로 종결되는 서사패턴은 일정하게 반복된다.

범죄수사드라마에서 스토리를 연장해가는 또 하나의 방식은 스핀오프다. 스핀오프는 인기를 끌었던 기존 작품의 스토리, 캐릭터, 설정 등을 토대로 새로 만들어낸 작품을 의미하며 드라마, 영화, 게임 등 다양한 장르에서 활용된다. 이미 검증된 스토리와 캐릭터를 적극 활용하여 드라마의 내용적 완성도와 상업적 안정성을 높일 수 있다는 점에서 많은 주목을 받고 있다.

최근 미국드라마 중 가장 많은 시즌이 제작된 작품은 2010년 시즌 20으로 종영한 〈로 앤 오더: 범죄 전담반〉이다.[27] 1990년 첫 시즌을 시작으로 약 21년 동안 4개의 스핀오프 시리즈와 900회가 넘는 에피소드를 만든 최고의 미국 범죄수사드라마로 평가받는다. 국내에선 이 드라마의 '스핀오프' 시리즈인 〈성범죄수사대: SVU〉가 먼저 소개돼 방영되었다.

2000년에 시작해 2016년 시즌 15로 종영하며 큰 인기를 끌었던 미국드라마 〈CSI〉도 〈CSI: 뉴욕〉 〈CSI: 마이애미〉 등의 스핀오프 시리즈가 있다. 철저한 과학적 증거분석을 통해 사건을 해결하는 과학수사대 이야기를 다루는 〈CSI〉의 스토리를 토대로 뉴욕과 라스베가스, 마이애미 등 드라마 배경을 옮겨가며 새로운 유형의 범죄를 해결해나간다. 〈CSI: 뉴욕〉에서 까칠한 워커홀릭 맥 테일러 반장이 전문자료 수집과 분석을 통해 팀을 이끈다면 〈CSI: 마이애미〉에서는 폭발사건

전문으로 타고난 직감의 호레이쇼 케인 국장이, 〈CSI: 라스베가스〉에서는 선천적인 청력장애를 극복하고 곤충에 대한 해박한 지식으로 사건을 해결하는 길 그리섬 반장이 팀을 이끈다. 〈CSI〉의 스핀오프 시리즈는 하나의 시리즈가 방영되는 중간에 다음 시리즈의 등장인물이 출현하여 또 하나의 시리즈가 시작되는 것을 알리는 방식으로 이어진다.[28]

'악을 악으로서 물리친다'라는 흥미로운 테마로 2014년에 큰 인기를 모았던 〈나쁜 녀석들〉(2014)은 2017년에 시즌 2가 방영되었다. 각 작품에 시즌 1과 시즌 2이라는 타이틀이 붙었지만 시즌 2는 시즌 1의 스핀오프로 불린다. 〈나쁜 녀석들〉 시즌 2는 시즌 1과 등장인물이 모두 다르며 드라마 배경 역시 서원시로 변경되었다. 하지만 강력범죄를 저지른 이들을 모아 더 나쁜 악을 소탕하려 하는 강력계 형사와 나쁜 녀석들의 이야기를 그림으로써 시즌 1과 공통된 스토리와 인물구성으로 진행된다.

참고문헌

1) 연합뉴스 〈'별그대' 아이치이 25억뷰 돌파… 中전체 37억뷰 넘어〉(2014.5.14.)
   http://www.yonhapnews.co.kr/bulletin/2014/05/14/0200000000A
   KR20140514051400005.HTML?input=1179m

2) 뉴스엔 〈SBS수목드라마 8회 법칙, 8회만 되면 홀린듯 쪽쪽 '소름'〉(2014.12.6.)
   http://www.newsen.com/news_view.php?uid=201412061048315410

3) 김강원, 『TV역사드라마의 장르 전유 방식 연구』, 중앙대학교 박사학위논문,
   2014, 37-40쪽 참조.

4) 박은하, 「텔레비전 멜로드라마의 이야기구조와 남녀주인공의 특성: 방송 3사
   를 중심으로」, 『한국콘텐츠학회논문지』 14, 한국콘텐츠학회, 2014, 53쪽 참조.

5) MBN 〈[M+기획…안방극장 질병사 ①] 안방극장 질병은 유행을 타고〉
   (2015.3.23.) http://star.mbn.co.kr/view.php?no=274701&year=2015&ref
   er=portal

6) 김명혜, 「텔레비전 드라마 속의 로맨스」, 『언론학연구』 3, 부산울산경남언론
   학회, 1999, 71쪽 참조.

7) JTBC 〈유나의 거리〉 가족애+멜로+코미디 없는 게 없는 감동 드라마〉(2014.10.16.)
   http://news.jtbc.joins.com/article/article.aspx?news_id=NB10607778

8) 경향신문 〈[커버스토리]삶·가족 탐구…'시청률 1위'의 마술〉(2007.5.10.)
   http://news.khan.co.kr/kh_news/khan_art_view.html?artid=2007051009
   46021&code=900307

9) 유진희, 「김수현 홈드라마의 장르문법과 젠더 이데올로기 - 〈엄마가 뿔났다〉
   를 중심으로」, 『한국콘텐츠학회논문지』 10, 한국콘텐츠학회, 2010, 107쪽.

10) 찾기쉬운 생활법령정보 (oneclick.law.go.kr)

11) 김미라, 「멜로드라마 〈밀회〉의 코드 파괴(code breaking)와 그 함의-불륜에
    대한 재현 관습을 중심으로」, 『한국극예술연구』 45, 한국극예술학회, 2014,
    328쪽 참조.

12) 김지영·김동규, 「TV드라마가 재현하는 혼외관계-전통적 가족주의와 현대적
    욕망의 충돌-1990년대 이후 지상파 TV를 중심으로」, 『커뮤니케이션 이론』
    13, 한국언론학회, 2017, 62쪽 참조.

13) 박노현, 「텔레비전 드라마와 환상(성) : '환상적인 것'의 개념과 유형을 중심으
    로」, 『한국문학연구』 47, 동국대학교 한국문학연구소, 2014. 339쪽 참조.

14) 조선일보 〈한국인 첫 스타트렉 '승선'… 메인 작가로 도약하다〉 (2017.12.7.) http://news.chosun.com/site/data/html_dir/2017/12/27/2017122700015. html

15) 동아일보 〈횡설수설/주성원]'생방송 드라마' 사고〉 (2017.12.27.)http:// news.donga.com/3/all/20171227/87913290/1

16) 판타지드라마 유형 분류에 있어 박노현의 「한국 텔레비전 드라마의 환상성 1990년대 이후의 미니시리즈를 중심으로」(『한국학연구』 제35집, 인하대학교 한국학연구소, 2014)을 참조하여 일부 변형하여 적용하였음을 밝힙니다.

17) 한겨레 〈추리, 공포, SF까지 ....장르드라마 채널 점령〉 (2017.6.4.) http:// www.hani.co.kr/arti/culture/entertainment/797444.html

18) 경향신문 〈한국형 수사드라마 새장르 정착〉 (1989.10.17.) http://newslibrary. naver.com/viewer/index.nhn?articleId=1989101700329210001

19) 국민일보 〈영화 '공공의 적' 모방 범죄? '밀가루 살인' 용의자 검거〉 (2017.6.19.) http://news.kmib.co.kr/article/view.asp?arcid=0011551759&code=611211 11&cp=du

20) 전북중앙일보 〈군산 10대 알몸 절도범 검거〉 (2016.7.3.) http://www.jjn. co.kr/news/articleView.html?idxno=687103

21) 권양현, 「텔레비전 수사드라마에 나타난 캐릭터 유형의 변화 양상 연구 - 〈싸인〉과 〈유령〉을 중심으로」, 『한국극예술연구』 42, 한국극예술학회, 2013, 252쪽 참조.

22) 권양현, 「텔레비전 드라마의 재벌 소시오패스 캐릭터 연구」, 『한국극예술연구』 53, 한국극예술학회, 2016, 264쪽 참조.

23) 위의 논문, 259쪽 참조.

24) 다음뉴스 〈'CSI 과학수사대 효과'에 미국 법정 '난감'〉 (2006.9.12.) http:// v.media.daum.net/v/20060912183146118?f=o

25) 한겨레 〈CSI 이해 못하는 널 위해 준비했어〉 (2007.8.3.) http://www.hani. co.kr/arti/culture/entertainment/226636.html

26) 남명희, 『영화와 TV 시리즈의 내러티브 구조와 수용에 관한 연구』, 한양대학교 박사학위논문, 2007, 88-97쪽 참조.

27) 스포츠월드 〈'로 앤 오더' 시리즈, 범죄와의 전쟁을 선포한 두 수사물의 대결〉 (2011.9.23.) http://sportsworldi.segye.com/content/html/2011/09/23/ 20110923002558.html

28) 문화웹진 채널예스 〈스핀오프의 가능성과 한계 - 〈CSI 뉴욕〉〉 http://ch. yes24.com/Article/View/12380?Scode=050_002

지은이 **김민정**

학창 시절 특기 란에 '텔레비전 편성표 외우기'를 적었다가 '글쓰기'로 강제 수정된 경험을 가지고 있다. 좋아하는 드라마와 예능 프로그램 방영 시간을 중심으로 학업계획표를 세우고는 그것을 사수하기 위해 열심히 공부했다. '너 티비 좋아하잖니?'라는 엄마의 권유로 이화여자대학교 언론홍보영상학부에 입학했고 '창조'에 대한 무한한 동경으로 장로회신학대학교를 거쳐 중앙대 문예창작학과에서 문학창작으로 박사학위를 받았다.

2012년 구상문학상 젊은작가상을 수상하였으며 2013년 한국문화예술위원회 차세대 예술인력 문학분야에 선정되었다. 2018년 드라마평론 〈판타지드라마의 장르적 아이러니〉로 문화계 간지 〈쿨투라〉 문화비평 신인상을 수상하였다. 작품집 『홍보용 소설』, '이 사람' 시리즈 『한현민의 블랙 스웨그』를 출간하였고 현재 중앙대에서 스토리텔링콘텐츠 강의를 하고 있다. 세상에 있는 모든 이야기에 관심이 있다.

당신의 삶은 어떤 드라마인가요

2018년 9월 11일 초판 1쇄 펴냄

지은이 김민정 | **펴낸이** 김재범 | **편집장** 김형욱
편집 강민영 | **관리** 강초민, 홍희표 | **디자인** 나루기획
인쇄·제본 AP프린팅 | **종이** 한솔PNS
펴낸곳 (주)아시아 | **출판등록** 2006년 1월 27일 | **등록번호** 제406-2006-000004호
전화 02-821-5055 | **팩스** 02-821-5057 | **이메일** bookasia@hanmail.net
주소 서울시 동작구 서달로 161-1 3층(흑석동 100-16)
홈페이지 www.bookasia.org | **페이스북** www.facebook.com/asiapublishers

ISBN 979-11-5662-377-9 (03800)

*값은 뒤표지에 표시되어 있습니다.

이 도서의 국립중앙도서관 출판시도서목록(CIP)은 서지정보유통지원시스템 홈페이지(http://seoji.nl.go.kr)와 국가자료공동목록시스템(http://www.nl.go.kr/kolisnet)에서 이용하실 수 있습니다.(CIP 2018023555)

K-픽션 한국 젊은 소설

최근에 발표된 단편소설 중 가장 우수하고 흥미로운 작품을 엄선하여 출간하는 〈K-픽션〉은 한국문학의 생생한 현장을 국내외 독자들과 실시간으로 공유하고자 기획되었습니다. 원작의 재미와 품격을 최대한 살린 〈K-픽션〉 시리즈는 매 계절마다 새로운 작품을 선보입니다.